徳間文庫

木曜組曲

恩田　陸

JN230749

徳間書店

木曜日の前の日・昼過ぎ

廻《まは》れば大門《おほもん》の見返り柳いと長けれど、お歯ぐろ溝《どぶ》に燈火《ともしび》うつる三階《がい》の騒ぎも手に取る如く、明けくれなしの車の行来にはかり知られぬ全盛をうらなひて、大音寺前と名は仏くさけれど、さりとは陽気の町と住みたる人の申き、三嶋神社《みしまさま》の角をまがりてより是れぞと見ゆる大厦《いゑ》もなく、かたぶく軒端《のきば》の十軒長屋二十軒長や、商ひはかつふつ利かぬ処とて半さしたる雨戸の外に、あやしき形《なり》に紙を切りなして、胡粉《ごふん》ぬりくり彩色《さいしき》のある田楽みるやう、裏にはりたる串のさまもをかし、一軒ならず二軒ならず、朝日に干して夕日に仕舞ふ手当ことごとしく、これはあの『たけくらべ』の冒頭部分だが、なぜかこの家の前に来ると、絵里子はこの部分を思い出す。別に江戸情緒があふれている場所でもないのに、家が近付いて来ると、ぼんやりと夕暮れに滲《にじ》む街あかりと、あまり上手でない訥々《とつとつ》とした女の朗読の声が聞こえてくる。暫くすると、ああ、あれは時子の声であったのだ、と今は亡き女性の記憶にいつも気付かされるのだ。

家の向かいには、小さな神社がある。家の門の前に一度立ってから、絵里子は必ずくるりといったん門に背を向けて神社の古びた木の階段に座り、罰《ばち》あたりながらも一本煙草を吸うのが習慣であった。

『たけくらべ』の美登利がなぜ最後に友人たちを拒絶したかという理由は、長年、国文学者たちの研究によると初潮を見たせいだということになっていたそうだ。それは違うんじゃないか、と、ある女性作家が反論したのはまだほんの十年ほど前のことである。彼女が言うには、その時美登利は「水揚げ」された――つまり、初めて客を取らされたのではないかというのがその説であった。その説が発表された当時、それが画期的な説だと話題になったという話を聞いて、絵里子はあっけにとられたものである。どう考えても、もともと花魁《おいらん》の姉を頼って一家がお茶屋に住込みという環境で育ち、姉から教育を受けて花魁になった娘が初潮を見たくらいで情緒不安定になるとは思えまい（確かに初潮というのは女にとってインパクトがあるものではあるが）。そんなのどかな説が長いこと定説になるとは、国文学とはずいぶんとおめでたくロマンチックな、そして完全な男社会であることよ。

絵里子は煙草の火の点《つ》いている方を自分の方に向けて、ランプシェード越しの明かりのようなオレンジ色の小さな点をじっと見つめていた。

ああまた、と絵里子は思った。またこの季節がやってきた。ちょっと滑稽でほろ苦い、時間のゆっくり流れる三日間が。

「えりこ」

突然、後ろから声がした。

絵里子はぎくりとし、反射的に慌《あわ》てて煙草を踏みつぶした。どぎまぎしつつ後ろを振り返る。

くすくす笑いながら、フェイクファー付きのサーモンピンクのコートを着た綺麗な女が出てきた。

「なんだあ、静子さんかあ。びっくりしちゃった」

胸を撫でおろす。

大きく巻いたゆるやかなセミロングの髪を揺らし、静子は無邪気に笑い続ける。

「部屋で煙草吸ってるとこ見つけられた高校生みたい」

「やめてよ。ほんとにびっくりしたんだから」

考えてみれば、別に煙草を消す必要はなかったのだ。名前を呼ばれたということは知り合いであるということだし、自分はもう三十を過ぎた大人なのだから。

絵里子は新しい煙草に火を点けた。

「あんたの煙草の吸い方って、男の子みたいね」

「そう?」

「うん。ぼそぼそって感じ。うちの旦那みたい。女の煙草の吸い方じゃないわね」

「女の煙草ってどういうの?」

「あたしに寄越してごらんなさい。こうよ」

静子は絵里子の手から煙草を取り上げると、すぱあっと美味《うま》そうに一口吸った。隙なく手入れされた指先といい、女っぽい髪形、化粧、全てが様になりかっこいい。艶然とほほえむ静子に、絵里子は小さく肩をすくめた。

「静子さんは美人で太っ腹だから決まるんだよ。あたしの友達なんてみんなあたしと似たようなもんよ。みみっちく、背中丸めてぼそぼそ吸ってます」

「違うのよ。女の煙草には潔さがあるの。開き直りといってもいいかな。一歩間違うとふてぶてしくすさんだ感じになるけどね。でもさあ、あたしなんかまだまだだよ。なんと言ってもかっこいいのは、うちの会社の谷口さん」

「誰それ」

「悠々自適生活のところを頼んでお掃除とかこまごました仕事やってもらってるおばあちゃんなんだけど、かっこいいのよね、一仕事のあとの一本が。あんなふうには吸えないわね」

「うん、おばあさんの煙草って確かにかっこいいよね」

「ああ、美味しい」

「あげるよ、それ」

「嬉しい。ありがと」

　静子は絵里子の隣に腰を降ろし、悠然と足を組むと深々と煙草を吸った。四十代半ばだが、匂うばかりに女っぽい。女が女を維持していくには大変なエネルギーを必要とするが、それを当然のごとくやってしまえる女と、それをするのに努力を必要とする女とがいる。静子は見た目に反して怜悧《れいり》でタフな女であるから、努力もしているだろうが彼女の回路にはそのエネルギーがもとから組み込まれているのだろう。絵里子は違う。美しくなる娯《たの》しみを知らないわけではないし、美しくありたいと願ってはいるものの、それらにエネルギーを費やす回路が自分の中に存在しないのである。だから、他のことに夢中になっていると、それはたちまちどこかに押しやられてしまう。

二人はぼんやりと座って向かいにある洋館の門を見ていた。

「また来たわね、ここに」

静子が煙を吐き出しながら呟《つぶや》いた。

「うん」

「いつまで来るのかしら、ここに」

「さあ」

「入ってしまえば楽しいんだけど、入るまでが抵抗あるのよね、あの家」

「へえ、静子さんもそうなの？　あたしもいつもそう。だからここで煙草吸って心の準備するんだ」

「分かるわ。あそこ、入ると負荷がかかるのよね。時間の流れが違うから」

「ああ、なるほど」

「時子姉さんの呪《のろ》いかしら」

「呪い――ねえ。でも、あたしたち、その呪いの正体がなんなのかもよくわかってないんだよ」

「そうよねえ。それが分からないことには、呪いも解けないってことね」

「行こうか。とりあえず、えい子さんの料理が食べられるのは嬉しいな。ここんとこロクなもん食べてなかったから」

「相変わらず忙しいの？」

「うん。貧乏暇無し」

絵里子は大学で講師をしながらノンフィクションのライターをしている。講師は準備に手間のかかる割には実入りがそんなによくないし、ノンフィクションのライターは取材に時間と費用がかかる。二重にコスト・パフォーマンスの悪い商売だ、といつも密かに自嘲しているのだが、持って生まれた性分らしく、それが決して苦痛ではないところがまた悲しいところである。

今日は数年前から追いかけている若手映画監督の軌跡を、不定期で載せてもらっている総合誌に徹夜明けで送ったところだった。三時間ほど仮眠をとり、シャワーを浴びて出てきたのだが、さっぱりしたのはシャワーを浴びた瞬間だけで、寒さも手伝い全身は執拗《しつよう》に睡眠を要求していた。

その家はM市の中心街をちょっとだけ外れたところ、T川の支流を背にして建っている。古い住宅街に溶け込みつつも異彩を放っているこぢんまりした洋館だ。『うぐいす館』という通称の示すとおり、木造二階建ての屋根が柔らかな薄緑色をしている。壁は白だが、二十年以上の歳月を経て、羽目板は灰色に色褪《あ》せている。

二人は門の前に立った。どちらからともなく足を止め、家を見上げる。玄関の前の二階の部分は、時子の寝室だった。レースのカーテンの向こうに、淡いブルーのカーテンが揺れている。誰かいるらしい。えい子か、尚美か。もう先客がいるようだ。

あの日も、時子はカーテンをちょっと上げて、門の前に立った絵里子に向かって笑って見せた。そうやって、彼女は客がみんな揃うのを見届けてから階下に降りてくるのだ。

ふと隣を見ると、静子もやはり上を見上げている。自分と同じようにほろ苦い回想に浸っているのかと思ったが、その表情を見て絵里子はギクリとした。彼女の表情は凍りついていた。青ざめた真剣な表情で、石になったかのように二階の窓を見つめているのだ。

「どうしたの、静子さん。幽霊でも見たような顔して」

「え？」

軽い言葉だったが、静子はぎょっとしたような顔で絵里子を振り向いた。

「やだ、おどかさないでよ」

慌てて笑って繕ったものの、静子の目は笑っていない。絵里子はあっけにとられた。さっさと入っていく静子の背中を見、二階の窓を見る。

今、彼女は二階の窓に何を見たのだろう？

絵里子は首をかしげ、静子に続いて玄関に向かった。

この家の主人であり、小説家でもあった重松時子が亡くなったのは、四年前の冬のことである。

木曜日の前の日・昼まえ

綾部えい子は、白の耐熱皿に入ったホウレン草のキッシュを満足そうに目の前に上げた。

これでよし。あとは彼女たちの顔を見てからオーブンに入れればちょうどだ。ホウレン草のキッシュは、野菜不足という強迫観念につきまとわれている女性たちにはいつも歓迎される。今日は他にも女の人が喜びそうなメニューを揃えてみた。塩谷絵里子の顔を思い浮かべる。あの子にはビタミンが必要だ。慢性的な睡眠不足のくせにヘビー・スモーカーときている。ここに来ている間だけでもしっかり食べさせなければ。真鯛のカルパッチョ、牡蠣《かき》の豆豉《トウチ》蒸し、海苔《のり》と切り干し大根の胡麻酢サラダ、ブロッコリーと木綿豆腐のあんかけ、既に何度も火を入れているポトフ。どれも下拵《したごしら》えはできている。赤ワインにもピッタリだ。美食家の静子だって文句は言うまい。いつものように、もう四時過ぎからだらだらと宴会が始まるに違いない。

えい子は眼鏡から下がっているきらきらした鎖にちょっとだけ指を触れると、テーブルのセッティングにかかった。一階の隅にある客間は六角形をしている。その一辺が廊下に面しており、あとの五辺は小さな庭に向かって張り出していて、そのうちの三辺に縦長の窓が付いているのだ。真ん中にどかんと大きな丸テーブルが置いてあるだけの、六畳あるかないかの狭い部屋だが、その狭さが寛《くつろ》げると逆に客には好評だった。えい子も、時子の原稿を待っている間はいつもこの部屋でテーブルを独り占めにしてゲラを読んだり書き物をしたりしていたものだ。

こうしていても、今にも時子が入ってくるような気がする。

あら、えい子さん、いい匂いね。

あの日、時子は『蝶の棲む家』の決定稿を直していた。えい子たちの相手をしながら、ちょっとした考えが浮かんだと言って書斎に入っていった。そういうことには慣れていた客ばかりだったので、みんな気にせずにパーティを続けていたのだ。

——時子さんがそうやって中座するのはよくあることだったんですか？

——はい。話をしている途中でも、急に席を立って書斎に駆け込むこともありました。それまでおっとり話をしているのに、ほんとに突然なんです。慣れない人はびっくりしたり、怒ったりしますけど、彼女に全然悪気はないんです。彼女は話上手でもてなし上手な人であると同時に、彼女の作る小説の世界の住人でもあった。日常生活の中でも時折そっちの世界に呼ばれるのでしょうね。呼ばれたら、そっちにまっしぐらです。

——あの日の客たちは、皆時子さんのそういう癖に慣れていた人ばかりだったんですね。

——はい。私以外は、皆彼女の親戚ばかりでしたから。

親戚——親戚！　確かに、親戚ではあるが、時子の親戚を見ていると、この世の人間全てが自分の親戚なのではないかと思えてくる。何しろ血縁関係が複雑なので、未だに尚美とつかさが時子とどういうふうにつながっていたのかが頭の中でごっちゃになってしまう。

あの日、テーブルに座っていた四人の顔を思い浮かべる。寒い日だった。やはりポトフを作った。そして、あの時えい子は奇妙な違和感を覚えた。それが何かは分からない。ポトフの入った鍋《なべ》を両手で捧げてあの客間に入った瞬間、奇妙な感じがしたのだ。

あの四人を見ると、いつも素材と模様の違う絨毯《じゅうたん》が並んでいるところを連想する。毛足の長いゴージャスな静子、ナチュラル・カラーの麻を編んだ絵里子、地味なこぢんまりした花模様がきっちりと織りこまれた尚美、ポップ・カラーのビニールのつかさ。

ポトフの湯気が顔に当たって温かかった。その湯気の向こうに四人の顔が見えた。

その瞬間――

何かが紛れ込んでいる。

あの時、えい子はそう思ったのだ。何度も会っている、ある程度気心の知れた四人であるのに、あの時何か異物を感じたのだ。針で刺された痛みのような小さな異物だったが、その痛みはえい子の心を冷たく撫でた。

あれは、なんだったのだろう。

えい子はワイングラスを照明にかざして傷がないかどうか確かめながら、ぼんやりと考えた。

呼び鈴が鳴る。

えい子は眼鏡から下がった鎖を揺らしながら玄関に走った。

「あら」

そこにはきょとんとした顔の痩《や》せた青年が立っていた。手には大きな花束を持っている。

「こんにちは、花屋です。お花をお届けに上がりました」

「まあ、どちらさまから？」

「昨日、フジシロチヒロさんという方からお電話でご注文をいただきました。今朝速達でメッセージが届いたので、お花に入れさせていただいております」

「フジシロチヒロ？」

どこかで聞いたことのある名前だが、顔が思い出せない。ふと、思い付いて尋ねる。

「宛名は誰になっているの？」

「ええと、『重松時子さんの家に集う皆様に』」

じゃあ、時子が世を去っていることは知っているわけだ。今でもしばしば時子宛てに、その死を知らない読者からの手紙が届くことがあるが、そういう読者でもなく、今日この家にみんなが集まることを知っている人間——えい子は首をひねった。

「ご苦労さま、ありがとう」

先を急いでいるらしい花屋の顔を見て、えい子はとにかく花を受け取った。

カサブランカにブルーやオレンジの小花をあしらった豪華な花束である。中に小さなピンクの封筒がのぞいていた。メッセージらしい。

まあいい。みんなが到着してから一緒に開けてみることにしよう。

えい子は大きな黒の焼き締めの花瓶があったことを思い出し、それにこの花束を飾るという考えに夢中になった。

再びベルが鳴る。

キッチンの戸棚から取り出した花瓶を床に置き、えい子は再び玄関に出た。

「こんちは」

すらりと背の高い、真っ赤なカーリーヘアにサングラスを掛けた女が立っていた。

「いらっしゃい。一番乗りね、つかさ嬢」

「あら、あたしが一番？　静子さんたちは」

「まだよ」

「はい、おみやげ」

「何かしら。——なんだ、ゴードンじゃない」

「最近、ジンに凝《こ》ってるの。いいじゃない、うわばみ揃いなんだから。あたし、友達みんな酒飲みだけど、こんなに酒飲む面子《めんつ》他に見たことない。去年だって夜中に酒が足りなくなって、あたしと絵里子で酒のあるコンビニ探すはめになったわ」

「あたしはそんなに飲まないわよ」

「えい子さん以外。えい子さんには別のおみやげを用意してあるの」

「まあ、なあに？」

「あとで見せるね」

「気になるじゃないの」

マフラーを外して中に入りながら、つかさはチラリとキッチンのテーブルに置いてある花束を見た。

「あら、すごい豪勢な花束ね。えい子さんが奮発したの？」

「違うわ、誰かが届けてくれたの」

「誰？」

「それがよく分からないの。みんなが来たらカード開けようと思って」

「ふうん。変ね」

つかさは玄関の壁の姿見を覗《のぞ》きこみながら、黒い革のジャンパーを脱ぎ、髪の毛を整えた。鼻筋の通った、それでいて小造りな顔は、よく外国産の首の長い犬に似ていると言われるし、自分でもそう思う。姿見の隣に、小さな銅版画が掛かっている。時子のお気に入りの画家の習作だ。夜の庭に、一人の女が横たわっている。眠っているのか、死んでいるのか——表情は安らかだ。手には一輪の百合を握っている。月が小さく半月の姿を空に浮かべている。この絵を見ると、ああこの家に来たなと思う。そして、あの日のことが頭をかすめる——

あの日は、この絵が無かった。

つかさはこの家に最後に着いた。客間からは既に明るい笑い声が響いていた。上着を脱いだ時にあれっと思った。姿見の隣はぽっかりと空《あ》いていた。誰が外したのだろう？　つかさは開いているドアをちらっと見た。時子の華やかな笑顔が目に入った。細長いドアの向こうの世界が、一瞬宗教画の母子像のように思えた——

つかさはあの風景を思い浮かべながら、ちょっとだけその絵を見つめた。この絵が外されていたのはあの日だけだ。それ以来はいつ来ても元の位置に掛かっている。なぜ？　何か意味があったのだろうか？

つかさは手袋の中指を噛んで引っ張った。寒い中、重い酒瓶をぶらさげてきたせいか、指が強張《こわば》ってしまい手袋が脱げない。つかさは顔をしかめた。

いつもこんな感じだ、この家は。脱げそうで脱げない手袋みたい。でも、今年はそうはいかない。いつまでもこんな宙ぶらりんの状態でいるのはあたしの性に合わない。

「つかさ嬢、ちょっと手伝ってちょうだい。そこの新聞紙を広げてほしいのよ」

えい子のゆったりとした声に、つかさはハッとしてキッチンに向かった。上に大の付くベテラン編集者であるえい子は、世話好きであると同時に他人を使うのがうまい。

えい子の出してきた黒い花瓶は、ちょうど風にはためく旗のような、長方形を押し潰した面白い形をしている。その花瓶に、開きかけたカサブランカはよく映えた。

「完璧ね！　客間に飾りましょう」

えい子は両手を広げてみせ、つかさは腕組みをして花を見つめた。

一瞬、とまどったような沈黙がある。

つかさはチラリとえい子を見た。えい子もほんの少し視線を返したような気がした。

「――ねえ、えい子さん。あたしが今何を考えているか分かる？」

「いいえ」

「嘘。えい子さんもあたしと同じ感想を持ったでしょう」

「同じ感想？」

「そう。言ってあげようか。『この花を贈った人は、この花瓶の存在を知っていたに違いない』よ。どう？」

えい子は黙っている。

「誰なんだろ、この花の贈り主は。じゃあ、こう言い換えてもいい。この花瓶の存在を知っていたのは誰？　この花を贈ってよこした人物は、こういう花瓶に生けるんだってことを絶対説明してみせたはず。こんなに新鮮な、まだ開いていないカサブランカなのに、随分茎を切ってあるなと思ったのよ。水切りするのにたいして切らなかったじゃない。まるでこの花瓶の丈に最初から合わせてあったみたい。ねえ、えい子さん、あたしをかついでるんじゃないの？」

えい子は苦笑した。手をゆるゆると振ってみせる。

「冗談じゃないわ、なんであたしがそんなことしなきゃならないのよ」

またしても玄関のベルが鳴る。

「あら、次は誰かしらね」

つかさの疑惑の視線を遮るかのように、えい子はパタパタと玄関に出ていった。

キッチンに残された女は納得できない表情でカサブランカを見つめている。

木曜日の前の日の昼

林田尚美は、道を急いでいる。

嫌な天気だ。底冷えがする。時折気まぐれにぞっとするような風が吹く。嫌だ嫌だ。ただでさえあたしは冷え性なのに。

キャメルのコートの衿を立てて、尚美は逃げるように石畳を歩いていく。

あの時もこんな天気だったわ。雲が低くって、寒々しくて——

小高い丘の小さな公園を突っ切る。丸裸になった木々の隙間に、『うぐいす館』の薄緑色の屋根が見えた。名前のせいかもしれないが、尚美はいつもこの家を見る度に鳥かごを連想する。家の形をした、小さな鳥かご。屋根をつまむとひょいと持ち上がりそうな。

閉じ込められているのは誰？

ＴＶで見た映画にそういうのがあった。アラン・ドロンが出ていた。あらすじはよく覚えていない。見たのは小学生の頃だったし、尚美の頭の中で勝手に筋を拵《こしら》えている可能性もある。暗黒街のある伝説的な大物が情婦の家の二階に隠れて何年も暮らしている。アラン・ドロンはチンケなチンピラ役で、単なる連絡係。情婦には地味でおとなしい娘がいる。彼女はドロンに心を寄せているが、彼はちっとも相手にしない。彼はやがてその大物を亡きものにし、自分が代わりにのしあがろうとする。ところが、その大物は彼が手を下す前に死体で発見される。彼はその犯人と目され、姿を隠さざるをえなくなり、結局はその大物がいた隠れ家に身を潜めることになる——ラスト近くになると、地味で冴えなかった情婦の娘が徐々に変貌していくのが怖かった。実は、彼を罠《わな》にかけたのは彼女だったのだ。彼女はドロンを手に入れるために、彼が逃げ回らざるを得ないように仕向け、隠れ場所として自分の家を提供するのだ。最後のシーンは、彼女が母親の跡を継いで家の主に収まり、ドロンを探しに来た警察の応対をするために玄関に出ていくところだ。ここでは、映画の最初の頃のおどおどした小娘の影はみじんもない。彼女は艶然と自信に満ちた微笑《ほほえ》みを浮かべ、ゆったりとした動作でドアを開けて堂々と刑事を出迎える。その声を聞きながら、隠れ家ではドロンが呆然と部屋の中を見回している。これから自分が、かつてそこにいた男のように何十年も閉じ込められる檻《おり》となるその部屋を——

もう邦題は忘れてしまったが（確かあんまり内容と関係のない、どうでもいいタイトルがついていた）、映画の終わったあとで解説者が「この映画の原題は『かごのとり』というんです」と言ったのが強烈に印象に残っていた。かごのとり——

ひょっとして、時子さんは閉じ込められていたのかしら？

公園の階段を降りながら、ふと尚美はそう思った。

あのうぐいす色の鳥かごに。

尚美は足を速めた。顔が冷たい。早く家に入りたい。このところイライラすることが続いている。身体はこんなに冷えきっているのに、自分の内側ではフツフツと何かが煮えたぎっているのが分かる。嘘つき——嘘つきばかり。なんて嫌な人たちばっかりなんだろう！　それに比べてこれから会う女たち——つかさは辛辣《しんらつ》だし、絵里子は無愛想、静子さんはリアリスト。およそ普段のつきあいとはかけ離れた女たちだけど、逆に皆率直でホッとさせられるのも事実だ。

だけど、どうしてみんなわざわざこんな遠くまで毎年来ているのかしら。いくら時子さんに関わりがあるとは言え、そんなにとりたてて親しいというわけでもないのに。

お前もその一人ではないか、という声がどこかから聞こえた。

確かにそうだ。あたしもわざわざ遠くから来ている一人。

身体の中で沸騰していたものの温度がすうっと下がった。

でも、あたしには目的がある。

尚美は表情を堅くすると、ひと呼吸して呼び鈴を押した。

「はぁい」

すぐにえい子が出てくる。奥に腕組みして立っているつかさが見えた。えい子の表情を見ておや、と思う。なんとなくギクシャクしたムードが漂っているような。

「いらっしゃい。さあ、入って。あら、これ『しろたえ』のケーキ？」

「ええ。赤坂に用事があったから」

「嬉しい。ほらね、つかさちゃん、女の子のおみやげはこうでなくっちゃ。あの子なんかジンのボトルを持ってきたんだから」

えい子はケーキの箱を勝ち誇ったようにキッチンに向かって差し上げてみせる。つかさが肩をすくめた。

「あら、素敵な花ね。えい子さんが？」

尚美はつかさの前にあるカサブランカを目に留めて無邪気な声を上げた。二人が気まずい表情になるのを不思議そうに見比べる。

「どうしたの？」

「なんでもないわよ、あ、そうだ、尚美ちゃん、二階の南側、今回あなたとつかさちゃんの寝室にしたから。悪いけど、踊り場の棚からシーツと枕カバー、出しといてくれる？」

「はい」

尚美は疑問を心にしまいこんで、コートとハンドバッグを手に持って素直に階段を登った。登りながらも、後ろから誰もついてこないことを確認する。

二人の間に何があったか分からないけど、これはチャンスだ。

尚美は、手すり越しにそっと階下の二人を見下ろしてから素早く階段を登る。廊下の左側の部屋の扉を開け、ソファベッドの上に荷物を置くと、廊下に出て廊下の右側の部屋に足音を殺して近寄る。鍵がかかっていたらどうしようかと思ったが、扉は静かに開いた。

時子の寝室である。

全てが当時のままに保たれているようだ。ブルーのカーテン、小さな木のベッド、作りつけの本棚、香水瓶のコレクション。たくさんの小さな額――

ふと、彼女の息遣いを感じたような気がした。

尚美は息を殺しながらじっと部屋を見回した。探るような鋭い視線を隅々まで走らせる。

やがて、狙《ねら》いを定めたように壁に近寄り、写真や絵の入った古い額を手早くひっくり返したり、中を調べ始めた。

時子を理解しつつも崇拝していたえい子は、恐らくこの部屋はいじっていないはずだ。去年は机の周りを探すのがせいいっぱいだった。本棚を探すのは時間がかかりそうだし、下の仕事場や書斎だったらもっと面倒になる。これから何回この家に来られるかどうか。

尚美は思わず焦りそうになる気持ちを抑えて、丁寧に一つずつ額をあらためていく。

どこ？　どこなの？

木曜日の前の日・夕暮れ時

　もともとぐずついた天気だっただけに、日が落ちるのは早かった。冷たい風が勢いを増して、古い洋館の窓を叩《たた》く。

　五人の女が顔を揃え、近況報告もろくに済ませぬまま、思い思いに食事の準備を始めていた。もっとも、料理を作るのはいつもえい子の仕事と決まっており、他の四人は自分の飲みたい酒を手元に引き寄せ、最近の自分の食生活や健康法、あるいはひいきにしているレストラン等を披露しているだけなのだが。

「あたし、最近目がかすむのよ。ブルーベリーが目にいいってほんと？」

「ほんとらしいわよ」

「ただ普通に食べればいいのかしら。ジュースでもいいの？」

「あたしなんかここんとこ益々冷え性がひどくってさ。運動不足なのは分かってるんだけど、昼も夜もじっとしてる仕事だからどうしようもなくって。締切近いとそれこそ座りっぱなしでしょ」

「つらいよねー、冷えるのは。みじめな気分にならない？　全身の筋力落ちてるからますます冷えるし、肩も凝る」

「ねえ、筋肉鍛えれば肩凝りも少しはよくなるの？」

「よくなるんじゃないの。だって、肩凝りの原因の一つは首や頭の重さを支える肩の力が弱ってるからだっていうわよ」

「肩を鍛えるにはダンベルかなあ」

「あんた、原宿のスポーツジムはどうしたの？」

「解約したわ。高い会費払ってるのに、全然行く暇がないんだもの」

気ままな会話が華やかだ。

「さあて、皆さま、アペリティフはなんにいたしましょう」

えい子が芝居がかった調子で声を上げた。

「アペリティフって――そんなかったるいことやってないで即本題に入ろうよ。あたし、おなかすいちゃって」

つかさがそっけなく答える。静子が苦笑した。

「相変わらず殺風景な女ねえ。どうせ飲み始めたらえんえん続くんだから、最初くらい上品に行きましょうよ。セレモニーよ、セレモニー。せっかく一年ぶりに顔会わせたんだし」

「悪かったわね、殺風景な女で」

「別にあたしはいいのよ。いいんじゃない、つかさは一人でジンでもラムでも勝手に飲んでれば？　残念ねえ、せっかくあたしが今日はパパの倉庫からドンペリせしめてきたっていうのにねえ？　えい子さん？」

　静子がくいっと顎《あご》を上げると、えい子は笑いを噛み殺しながら魔法のように緑色の瓶を取り出した。おおっ、という声が上がる。客間の小さなクラシカルなシャンデリアの光に、ドン・ペリニヨンの瓶は燦然《さんぜん》と輝いて見えた。

「ありがと、つかさ。あんたの分はあたしが戴くわ」

　絵里子がニヤニヤしながらつかさの肩をぽんと叩いた。つかさはしばらくあぜんとしていたが、いきなり立ち上がり、がばっと静子に抱きついた。

「まあっ静子お姉さま素敵！　やっぱりアペリティフはシャンパンですわよねえ」

「ふん。あんたにはプライドというものがないのかい」

「ないない、この女には」

「そんなもの捨てるわよ、ドンペリの前には」

座はシャンパンの泡とともに一挙に盛り上がる。

静子は六角形の壁の一面にしつらえてあるマントルピース（もっとも、煙突はないので偽の暖炉だが）によりかかって乾杯の音頭を取った。マントルピースの上には、長方形の大きな鏡がある。静子の後ろ姿が鏡の中に映っている。光沢のある茶色のシャツからオニキスのネックレスがのぞく。色白のきめの細かい肌が強調され、隣に置かれた黒い花瓶のカサブランカと共に、一幅の絵のようだ。

絵里子は既視感を覚えた。前にもこんなことがあったような――それもそのはずだ、もう三回もこうしてここに集まっているのだから。そう思い直したが、そういう既視感ではないのだ、と心のどこかが囁《ささや》く。なんだろう。絵里子はそっと部屋を見回した。

いささか時代錯誤的ながら、『若草物語』を連想する。冒頭の、クリスマスの朝に贈り物がないと嘆く四人姉妹。『若草物語』を名乗るにはちょっとばかり薹《とう》がたちすぎているが。もっとも、ここにいるのは次女のジョセフィーンばかりだ。性格も、職業も。

静子は重松時子との異母姉妹。静子の母の妹の娘が絵里子。時子の弟の娘が尚美、さらに尚美の異母姉妹がつかさというわけだ。静子と尚美とつかさは時子と血のつながりがあるが、絵里子にはない。

静子の父、重松京吾は洋酒の輸入代行会社を営んでおり、静子はそれを手伝いながら、自分で小さな出版プロダクションを経営している。つかさは歯科技工士をしながら純文学を書いているし、尚美は主婦であると同時にサスペンス色の強い小説を書く売れっ子だ。要するに、ここにいるのは編集者であるえい子を始めとして、みんなジャンルは違うが「物書き」をなりわいとする女ばかりである。その五人が時子という月の周りをくるくる回っている。もともと、この集まりはそういうつきあいであったはずなのだ。

乾杯をした静子は、ふとマントルピースに置かれた花瓶の花の中に埋もれているピンクの封筒をひょいとつまみだした。

「あら、何これ」

「忘れてたわ」

えい子が眼鏡を押さえて駆け寄ってくる。

「さっき、届いたのよ、このお花。みんな知ってる？　フジシロチヒロって人かららしいんだけど。今日あたしたちが時子を偲《しの》んでこの会を開くと知っている人、どのくらいいるかしら？」

えい子は封筒を静子から受け取ると、改めて宛名を一同に見せた。

「『重松時子さんの家に集う皆様に』」

つかさが声に出して読む。

「――変な宛名ね、やっぱり」

つかさはぐるりとみんなを見回した。みんな不審げな表情だ。

「中のカードを読むね」

つかさは封筒から白い小さなカードを取り出して開ける。が、ハッと目を見開き、たちまち不愉快そうな顔になる。

「なんて書いてあるの？」

「なによこれ」

つかさは汚いもののように人差し指と親指でカードをつまみあげた。みんなで顔を集めてカードを読む。そこには、小さな字でこう書かれていた。


皆様の罪を忘れないために、今日この場所に死者のための花を捧げます。

絵里子はふいにぞっとした。今日この場所に。思わず後ろを振り返る。窓の外や扉の陰に誰かがいるような錯覚に襲われたのだ。みんなもつられて辺りに視線を走らせる。

「嫌だわ、どういうつもりなの」

尚美の顔に朱がさした。心底腹を立てている様子だ。どこから見ても上品で自己主張のなさそうなお嬢様なのに、こういう時には神経質な気性の激しさが浮かぶ。

「思いっきり気分悪いなあ。まるであたしたちが時子さんを殺したみたいじゃん」

つかさも口をとがらす。ようやく絵里子も落ち着きを取り戻し、カードの文章の内容を分析する気力が湧いてきた。

「誰よ、フジシロチヒロって。時子さんの死を信じられない熱狂的なファンとか。時子さんが亡くなった時一緒にいたあたしたちに責任転嫁してるのかもよ」

怖い不愉快な思いをさせられた反動と怒りも手伝って、だんだん声高《こわだか》な文句になる。

えい子が大きく手を振った。ため息をつく。

「悪かったわ、最初にカードを見て捨てればよかった。せっかくパーティが始まったところなのに。捨てるわね、このお花」

「いいじゃない、もったいないわよ。花に罪はないわ。たっぷり鑑賞させてもらいましょ」

憤慨した口調のまま尚美が言い放った。

「おやおや、尚美ちゃん、今日は飛ばしてるじゃん。えい子さん、お酒お酒」

つかさがからかうように言った。尚美が睨《にら》み付ける。つかさは肩をすくめたが、一息おいて手を広げた。

「そうね。いいじゃない、置いとこうよ、カンフル剤だと思って。それに、あたし、まんざらこのカードの台詞《せりふ》も間違いじゃないような気がする。その時その場にいたってことは不幸な偶然だけれども、もしかして必然だったのかもしれない。そんなふうに考えたことはない？　あたしたちがあの日この家にいなかったら、時子さんは死ななかったのかもしれない。あたしたちはそういう意味では、その場にいたということにおいて、時子さんの死に責任があるのかもよ？」

かちゃん、と音がした。みんながそっちを向く。

えい子がドアのところにぼんやりと立っていた。足元にワインオープナーが落ちている。

「どうしたの、えい子さん」

絵里子が声をかけた。

「——そうよ、どこかで聞いた名前だと思ったのよ。どこかで聞いたって——顔が思い出せないって——思い出せないはずだ」

「え？」

「なあに？」

みんなが口々に声をかける。えい子は虚《うつ》ろな表情で四人を見回す。

「フジシロチヒロ」

えい子はぽつんと呟いた。

「えっ、えい子さん知ってるの？　誰なの？」

つかさが詰め寄る。えい子は乾いた声で小さく笑った。

「なんてこと――あたしたちって重松時子のファンじゃなかったの」

えい子は咳払いをして顔を上げた。つかさと絵里子は顔を見合わせた。

「主人公よ」

えい子は低い声で言った。

「時子が最後に書いていた原稿よ。『蝶の棲む家』の主人公の名前だわ」

四人はぎょっとした顔になった。

「『蝶の棲む家』」

尚美が繰り返す。どんな話だったかしら？　尚美は口を開いた。

「フジシロチヒロ――確か、最後は妹に殺されてしまう――」

がたーん、という音が部屋に響き渡った。

静子がぶつかった椅子が倒れた音だった。

みんなが一斉にそちらを注目する。

静子は、マントルピースに背を付けて、不自然な姿勢で立っていた。

まるで、ショーウインドーでポーズを取っているマネキン人形のよう。顔は完全に色を失い、時間が止まったような表情で固まっている。

しかし、よく見ると、むらなく塗られたファンデーションにうっすらと汗が滲み、小刻みに震えているのが分かった。

絵里子は他の女たちよりも一瞬早く立ち直ると、慌てて駆け寄った。静子の顔を見た瞬間、なぜか彼女が毒を飲んだのではないかと思ったのだ。

あの時の時子のように。

「静子さん」

しかし、そうではなかった。静子は今や目に見えるほどぶるぶると震えていたが、しっかりしていた。

絵里子は静子の肩をつかんだ。静子はああ、と絶望的な呻《うめ》き声を上げた。片手で顔を覆う。絵里子はどうしてよいのか分からなかったし、混乱していた。いつも冷静で肝《きも》の据《す》わった静子が何を取り乱しているというのだ？

「──あたしよ」

「え？」

絵里子は静子の顔に耳を近付けた。次の声は、小さいながらもはっきりと聞こえた。

「あたしが時子姉さんを殺したんだわ」

木曜日の前の日・夜の始まり

窓ガラスがガタガタと揺れていた。

とうとう雨が降りだしたらしい。

静まりかえった客間。五人の女たちは硬直したようにその場に立っている。まだ湯気のあがっている料理が、なんとなく不躾《ぶしつけ》なように見える。

つかさがだしぬけにすっと動いた。みんなが身体を動かさずに視線だけを彼女に向ける。

つかさはえい子の前に落ちていたワインオープナーを拾い上げた。

「――で？　どっちの意味で殺したの？」

低い声で呟きながら、つかさはテーブルの上のワインを取り上げた。コルクにオープナーの先端をずぶりと突き刺し、力を込める。

「――え？」

少し時間が経《た》ってから、ようやく自分に対する質問だということに気付いたのか、静子が青白い顔を上げた。しきりに髪をかきあげて自分を落ち着かせようとしている。

「だから、どういう意味で殺したの？　殺すったっていろいろな意味があるでしょ。実際にあなたが自らその手で彼女に毒を盛ったわけ？　それとも彼女を精神的に追い詰めるようなことをしたわけ？」

つかさは淡々としたものだ。ぐいぐいとワインのコルクにらせん状の金属をさしこんでゆく。たちまちオープナーの先端がコルクの先を突き抜けた。

「そうね――」

静子はようやく落ち着きを取り戻してきた。虚ろだった目に、いつもの生気がかすかにちらつく。

「分からない――分からないわ。どうしてあんなことになってしまったのか」

彼女はせわしなく髪を撫でながら、混乱した声で呟いた。

「あんなこと？」

ずっと静子に寄り添っていた絵里子がききかえした。静子の声の調子には、犯罪者の懺悔《ざんげ》というよりは、あきらかに当惑の方が多く含まれていたように思えた。

それを他の者も感じ取ったのだろう。静子の突然の告白に凍り付いていた女たちも、目に見えて態度を軟化させた。どうやら静子の発言は、文字通りの意味ではないらしい。

「静子さん、なんで今日に限って――あの手紙を見て、ショックを受けたの？」

絵里子がぼそぼそと尋ねた。

静子は唇を舐《な》めた。

「うん――今日初めて気付いたのよ、あたしが時子姉さんを殺したことになるって――妹が姉を――その可能性について、この家に着いた時から考えていたんだけど、あの手紙を見てああやっぱりそうなんだって――」

絵里子はえい子と顔を見合わせた。――今日初めて気付いた？

「ねえ、静子さん。全然話が見えてこないわ。いつも明晰《めいせき》なあなたがどうしたっていうの。どうか順を追って説明していただけないかしらね？」

えい子が普段の役割を思い出したらしく、いささか芝居がかった仕草で人差し指を胸の前に上げた。眼鏡についた鎖がきらきらと光る。アメリカのテレビドラマに出てくるおばさん探偵みたいだな、と絵里子は思った。

つかさが顔を赤くして引っ張っていたコルクがぽん、と間抜けな音を立てて抜けた。

「それがいいみたいね」

溜め息のようにつかさが呟く。

みんながテーブルの周りに再び席を整えた。つかさが無表情にワインを注いで回る。アンティークなシャンデリアの下に、五人の女の顔がある。シンプルなデザインの古いシャンデリア――飾りのガラスが氷砂糖みたいだな――絵里子はその連想が自分で気に入った。

不思議なことに、静子の爆弾発言をきっかけに、集まったばかりの五人に漂っていたよそよそしさが消えたようだった。久しぶりに顔を合わせて、まだお互いのテンポがつかめずに空回りしていたそれぞれの歯車がかちっと嚙み合った感じだ。なんとなく、これで腰を据えてスタートラインについたぞ、というような覚悟がおのおのの表情に浮かんでいる。

ワインを一口飲むと、静子の顔にようやく彼女本来の冷静さが戻ってきた。

「あたしずっと考えていたのよ——いったいあれは何だったんだろうって。あれってもちろん、時子姉さんの死だけど——あたしの話を聞いてもらう前に、もう一度——今までさんざんやってきたことだけど——もう一度だけ、あの日何があったかおさらいしたいんだけど、いい？」

静子は素早く四人の顔を見回した。

相変わらず無表情のつかさ。思い詰めた表情の尚美。泰然と構えるえい子。不安げに静子を見守る絵里子。静子は四人の沈黙を了解のサインと受け取り、話し始める。

「ええと、そもそもあの日はなんで集まったんだっけ」

独りごとのような静子の言葉に、四人は黙り込む。なんといっても、四年の歳月は大きい。それぞれが何度も繰り返して話した事件ではあるけれども、改めて記憶を喚《よ》び起こすとなると、自分の語った話ばかりが頭をかすめ、当時の細部が抜け落ちていることに当惑してしまう。

「そうよね。なんだったかしら？」

「つかさの新人賞じゃない？」

「それはあの前の年よ」

「二月でしょ——時子さんの誕生パーティ？　でもそういう感じじゃなかったよね」

不思議そうな声がテーブルの周りから上がる。みんなが口を開いたことで、グッとリラックスしたムードになった。部屋の中が、少しずつ華やかな彩りを取り戻す。それと同時にどうやら食欲も復活したらしく、テーブルの上の皿に何本もの手が伸びて、料理がいきなり減り始めた。

「思い出した」

グラスを口に運びながら、尚美が小さく叫んだ。視線が集まる。

「勇治さんの再婚問題よ」

みんなが『あっ』という表情になった。弾かれたように一斉にしゃべりだす。

「おお、そうだそうだ」

「そんなこともあったよねえ」

「あの時は大問題だったのに、すっかり忘れてた」

重松勇治は時子の下の弟で、某有名私立大学でフランス文学の教授をしている。母親や時子に可愛がられて育ったせいか、女性に対して非常に甘え上手、異性から見てたいへんチャーミングな御仁であることは疑いようのない事実だが、とかく惚れっぽく飽きやすいのが玉に瑕《きず》である。その当時、彼は大学院生であった自分の教え子と三回目の結婚をするとセンセーショナルに発表したばかりだった。しかも、彼女は別の男性と婚約中だったというおまけつきである。彼の三度目の結婚は大学内でもかなりのスキャンダルとなり、当時の重松家では大きな時事問題であったのだ。

しかし、もともと重松家というのは、由緒ある旧家でありながら芸術家肌の個人主義という点では代々徹底している。一度の結婚ごときはゴールインではないというのが常識の一族であり、こと恋愛に関してははなからモラルを求めていないようなところがあった。静子たちを見ても歴然としているように、異母姉妹たちが代々入り交じり、開けっ広げに交流するのが当たり前なのである。だから、正直なところ、別に勇治が二回りも年下の娘と恋に落ちようが、他人の女を略奪しようがどうでもいいのだが、単に茶のみばなしの延長線で「勇治さんにも困ったものねえ」と、勇治の女性遍歴や今回の女性の趣味などを品評するために、退屈していた彼女たちが集まったというのが真相であった。ついでに言えば、彼の三度目の結婚はなされたものの、一年足らずで破綻《はたん》。彼女がかつての婚約者の元に舞い戻ったのかどうかは未だ確認はなされていない。

「三回目は短かったわねえ。どうしてんの、勇治さん」

「今はね、裏千家のお茶の先生と熱愛中。娘が二人いる未亡人だって」

「よくまあそう次から次へと見つけてくるわね」

「生まれながらの恋愛体質なのよ。あたしやつかさと違ってさ」

「なんでそこにあたしの名前が出てくるのよ」

女たちはぐっとテーブルの上に身を乗り出して目を輝かせた。

他人のゴシップという餌くらい女性に本領を発揮させるものはないだろう。しかもここには、他人を観察し分析し料理するのが得意な女ばかりが集まっているのだ。

「でも、確かに勇治さんはまめだしよくやってるよね。あれは才能だわね」

「そうそう、感心しちゃう。なんのかんのいってもまめな男はもてるよね」

「口のうまい男を馬鹿にしてても、実際女はお世辞に弱いから」

「勇治さんのまめさは生まれついてのものだよね。あたし、一度法事かなんかで道が一緒になったことがあるんだけど、見ててほんっとに感心したわ。煙草屋のばあさんだろうが、電車で足踏まれた女だろうが、どんな女にも目を見てにっこり、よ。あれ、ほとんど条件反射だね。泥棒に入られても、相手が女だったら笑って名刺渡すんじゃないかしら。それだけじゃないの。あたしは早く目的地に着きたいのにさ、彼はしょっちゅう立ち止まるのよ、なぜかというと、今みたいに携帯電話がないから、公衆電話を見掛ける度に電話かけるわけ。それも相手はみんな違う女。左手に受話器、右手に十円玉ぎっしりの小銭入れ。聞いてると歯が浮くよ。『いや、特に用はないんだけど、なんとなく君の声が聞きたくなってね』。これだもの。そりゃ、言われた方は悪い気はしないわよ。恐るべし、重松勇治！　あのたゆまぬ努力。将来万に一つでも恋愛に育つ可能性がありそうな芽にはきちんと枯らさぬように水をやっておく。やっぱり、これが恋愛体質の極意よね」

「そういうことを自然にやって、しかも下品にならないところが彼のすごいところだわ」

「別れた女にも憎まれないしね」

「そうそう。特にあの男、インテリ女にはめちゃめちゃ強いよね」

「そういえば、一時期、どっかのニュースキャスターが彼にいれこんでなかったっけ？」

「いたねー。やけにチークの濃い、オヤジに異常なほど人気があった女でしょ。しかも、政治家とか会社役員とか、そういうギトギトしたオヤジ」

「私の魂を見てくれたのはあなただけです、だっけ？」

「あのフレーズ、一時期あたしたちで流行ったよね」

「あたしも編集者に使ってみようかしら」

「原稿書けなくて気が変になったと思われるよ」

「インテリ女は自分が女であること以外に付加価値があるって信じてるからさ、その付加価値をおだてると弱いんだよ。一番ほめてほしいと思ってるところをほめてあげただけなのに『この人は私のことを理解してくれている』って思い込んじゃうんだよね」

「勇治さんて、相手の女のことを理解してるのかしらねえ?」

「してないんじゃないの」

「相手の美点を探すのはうまいよね」

「だから恋愛できるのよ」

「相手の美点を自分で勝手に結んで、恋する相手の理想像を作っちゃうんだよね。ほら、子供の頃なかった? 紙に点がいっぱい打ってあって、点に振ってあるナンバー通りに結んでくと絵になるってやつ。あれよ」

「そのせいで幻滅も早いのね」

こほん、とえい子が咳払いをした。みんながハッとする。

「そろそろ、お話を先に進めたいんだけどいかが?」

バツの悪そうな表情になり、女たちはワインをそれぞれ口にした。ほんの少し前までは、すわ殺人事件の告白かと、異様な緊張状態に陥っていたのが嘘のようだ。もしかすると、その反動だったのかもしれない。

しかし、当の静子もすっかりいつもの調子を取り戻し、自ら二本目のワインを取りに立ち上がった。その瞳の光から、彼女の鋭敏な頭脳がフル回転を始めたのが見てとれる。

絵里子はもう煙草が吸いたくなった。

今日は我慢しようと思ってたんだけどな。もぞもぞと身体を動かす。

どうやら今夜は長丁場になりそうだ。今年はいつもと違う。どこかで警告のランプが点滅しているようなかすかな緊張が自分の背中を覆っている。

やっぱり、吸っちゃお。これからえんえん飲むことを考えると、煙草を吸って時々酒を休んだ方が長持ちしそうだ。えい子さんは嫌がるだろうけど。

彼女は後ろの椅子に置いていた、すっかり年季の入った自分のショルダーバッグに手を伸ばした。

「絵里ちゃん、まだそのバッグ使ってるのね」

尚美が感心するように呟いた。時子がずいぶん前に絵里子にくれたものだ。

そういえばいつもこのバッグだったな、ここに来る時は。

言われて絵里子も気が付く。改めて時子という人間の磁場の強さに驚かされる。おおらかで、他人に干渉しない人だったが、その場にいるとどうしても支配されてしまうような人だった。いや、いなくなった今ですら、この家の中ではまだ彼女の支配下にある。

煙草を出してから、ふと何の気なしに、めったに使わない外側のポケットのファスナーを開けてみた。

中には黄ばんだ紙が入っている。

「うわあ、やっぱりあった」

「なによ」

絵里子のすっとんきょうな声に、みんなが注目する。

「じゃーん。秘密兵器発見」

絵里子はその紙切れを取り出して高く上げてみせる。

「その汚い紙切れがどうしたっていうの」

静子がワインを手に現れる。つかさが素早くボトルに手を添えてラベルを読んでいる。

「覚えてる？　みんなの行動表」

「えーっ」

絵里子がテーブルの真ん中の皿を動かして、その紙を広げるとみんながのぞきこんだ。

「うわあ、ほんとだ。よくこんなもの残ってたわね」

「確かに書いたよ、これ」

紙には、五人の筆跡がちんまりと並んでいた。あの日の各人の行動を一覧表にしたものである。時子の異状に気付いて救急車を呼んだが、彼女は意識が戻らずそのまま夜遅くに亡くなった。薬物死であることは明らかだったので変死の扱いになり、五人は警察の事情聴取を受けたが、その後、時子の遺書が見つかったので、結局自殺ということで片付けられたのである。このメモは、事情聴取が終わったあとで興奮していた五人が、記憶を辿《たど》りながら拵えたものであった。

メモの字を見たとたん、尚美はさまざまな記憶があぶりだしのように浮かび上がってくるのを感じた。

この家のどこかにあるのよ、尚美ちゃん。

薄暗い階段。揺れるレースのカーテン。

普段押さえつけている自分の内側から込み上げてくる、説明しようのない激しい感情がこめかみを熱くする。

尚美は密かに歯をくいしばった。

ああ、そうだ。そうだったわ。

時子の寝室。たくさんの小さな額。息を詰め、目をギラギラさせて額をめくる自分の姿がフラッシュバックする。

探してみてちょうだい。

からみつくような声。絶対の権力を持っていることを確信している声。尚美がそれをすることを、プライドをかなぐり捨ててでもそれをすることを彼女はちゃんとお見通しだったのだ。

そうよ、あたしは今もまだ未練たらしく探している。でも見てらっしゃい、きっと何年かかっても見つけ出してみせる。

尚美は小さく息を吸い込んで、メモに見入った。

隣で、静子がじっと同じメモを眺めている。

「――よく思い出せるわ、あの日のことが。こんなメモが、今日に限ってタイミングよく出てきたってことは、やっぱり巡り合わせね」

静かに呟くと、改まった顔でみんなを素早く見回す。

五人の視線が一瞬交錯した。

さて、あの事件の日の午後を再現するとこうなる――

四年前の木曜日の午後

えい子は例によって朝から『うぐいす館』の客間に陣取り、時子の最新作『蝶の棲む家』の最終稿のチェックをしている。『蝶の棲む家』は時子の久しぶりの長編。構想も二転、三転しており、稿を重ねる度に大幅な変更があったので、えい子も何度も読み返して全体のバランスに違和感がないか熟考を重ねていた。

そろそろお昼という頃になって、えい子は一階の奥の書斎の時子にドア越しに声を掛けた。二、三回声を掛けても返事がないのは、彼女が仕事に没頭している証拠だ。そういう時は、無理に食事に誘わず放っておくことになっている。

えい子は時子のデビュー当時からの担当で、長年二人三脚で仕事をしてきた。今ではほとんど『うぐいす館』に住んでいる。二人の関係は既に作家と編集者という域を越え、共同生活者として、えい子が時子の身の回りの世話をしているのだ。勝手知ったる家の中で、えい子は家の中を自由にいじることを許されていた。

午後から時子の親戚の娘たちがやってくる。飲むのも食べるのも大好きという四人だ。そろそろ仕込みを始めようか、と居間の入口のドアの上に掛かっている時計に目をやり、えい子はキッチンに残っていたバゲットで手早くフレンチ・トーストを作り、腹拵《はらごしら》えをした。キッチンにこもり、夕食のための食事の準備を始めたのは、十二時を回って少ししてからと記憶している。えい子の料理はプロ級で、編集者を引退したら『うぐいす館』をレストランにしてしまおうかと、冗談混じりによく口にするほどだ。

仕込みの最中は夢中であるが、しばらくしてから書斎のドアが開き、時子が二階に上がっていく音がした。この時間はよく分からない。二時になる少し前だったらしい。

玄関のベルの鳴る音がして、えい子が時計を見ると、二時二十分だった。

最初に着いたのは絵里子である。絵里子は家に着いた時、二階の寝室の窓から笑いかける時子を見ている。絵里子はえい子と少し玄関で立ち話をして、居間に入って読み掛けの雑誌を読んでいた。二時三十分に静子が到着。静子も二階の窓に時子を目撃している。静子も居間に入り、絵里子と雑談。二時四十五分に尚美が到着し、居間の二人に加わる。その少しあとに、時子は一度二階から降りてきて、居間にいる三人と言葉を交わしている。他愛のない会話。時子に変わったそぶりはなかった。どちらかと言えば、興奮して浮き浮きしているように見えた。「今、いいアイデアを思い付いたところ。その部分を書いてしまおうと思って」時子はそう言い残すと、書斎にまた入っていった。時子が仕事に乗ってくると、客人などはおかまいなしになると知っていた三人は、夕食には現れないかもね、と噂しあった。三時二十分、つかさが到着。四人はとめどのない会話を交わし、四時半過ぎからいつものように宴会を始めた。五時過ぎに電話が鳴り、時子は廊下にある電話に出るために書斎から出てきて受話器を取った。それは高校時代の友人で、同窓会名簿に時子の住所を載せてよいかという電話だった。時子はそれをやんわりと断り、少し世間話をしてから電話を切ると書斎に戻った。六時頃になり、時子が「薬を飲む」と水の入ったコップを持って二階に上がっていくのを五人が目撃している。さらに一時間ほど経過し、さすがに何も食べないのはよくないとえい子が二階の時子に声を掛け、その異変に気付いた。救急車を呼び、寝室で倒れていた時子を運びだしたのが七時二十五分頃。皆で病院に詰めていたが、午後十時過ぎ、時子は帰らぬ人となったのである。

　時子は、床の上に倒れていた。彼女は、仕事は主に一階の大きな書斎で行っていたが、寝る前にとりとめのない思い付きをメモする習慣があったので、ベッドの脇にも小さなコーヒーテーブルを置いていた。その机には、水差しとガラスのコップ、薬入れにしているガラスの砂糖壺がのっている。彼女は肥満気味で血圧が高かったので、降圧剤を服用していた。コップには飲みかけの水が入っており、これを飲んでから昏倒したらしい。その残りの水を分析した結果、青酸系の毒物が発見されたのである。時子の身体からも同じ毒物が発見され、それが死因であることが判明した。

自殺か、他殺かが問題になったのは言うまでもない。しかし、毒の入ったコップには時子の指紋しかついていなかった。しかも、時子の書斎の金庫を開けてみたところ、コップに入っていたのと同じ毒のカプセルとえい子に宛てた遺書が発見されたのだった。実は以前から時子が「本物の毒を持っている」と口にしていたのは五人とも聞いていたが、見せられた者はいないし、皆冗談だと思っていた。計らずも、それが真実であることが証明されたわけである。遺書は、耽美《たんび》的でペダンティックな作風の時子らしい文章で綿々と綴られていた。年々小説が書けなくなり、一作にかかる時間が長くなっていく。身体は言うことをきかなくなり、何よりも、あんなに愛していた美しいものにどんどん無感動になっていく自分が耐え難い。ならば、看取《みと》ってくれる人たちがいるうちに自分の手で幕を引きたい、という内容であった。筆跡は明らかに時子のものである。結局それが決定打となった。時子の死は自殺ということで決着がつき、時子のかねてからの希望どおり、親しい人々だけで密葬された。

木曜日の前の日・夜の始まり（続き）

黄ばんだ行動表を元に、当時の事実を確認した五人は黙り込む。

五人の顔には複雑な表情が見え隠れした。

「『事実』らしきものはこのとおり」

静子がそっけなく呟《つぶや》いた。

「少なくともこれをあたしたちは『事実』として、この四年間受け入れてきたわけだけど、みんなよく分かってるわね、これが『事実』であるかどうかは疑わしいってこと。だからこそ、こうしてみんな何年も時子姉さんの命日のある週の木曜日に集まってきてるわけでしょ？　おのおのが胸にしまいこんでる疑問や意見は多々あるんじゃないの」

女たちの顔に動揺が走った。

これは、どうやらパンドラの箱を開けるという静子の宣言らしかった。

確かに、あの事件について彼女たちはきちんと話し合ったことはなかった。事件に対する感想や意見、深く掘り下げた考察など――普段なら、むしろそういう対応の方が彼女たちにふさわしかったはずである。しかし、なまじあまりにも身近で時子という彼女たちのいわば『聖域』である対象に関しては、そういう対応をするのが憚《はばか》られたというのが正直なところだろう。言いたいことを言い合っているようでも、やはりそこには見えない壁がある。そもそも「殺す」という言葉が彼女たちの間に出たのも今日が初めてなのだ。静子がよろめいて「あたしが時子姉さんを殺したんだわ」と口にした瞬間から、既に凶々《まがまが》しい箱の蓋《ふた》は開いていたのかもしれない。

「ちょっと待ってよ。ここで『重松時子殺人事件』が開幕しようとしてるのは分かるけどさ、その前にみんなの見解をはっきりさせときたいのよ。あれは殺人事件だったのかしら？　自殺と他殺じゃえらい違いよ。他殺だとすると、犯人を探さなきゃならない。犯人を求めるとすれば、当然ここにいるあたしたちも範疇に入ってくるってことよ。みんな、その覚悟はあるわけ？　例えばここで犯人が告白したとして、あたしたちはその犯人を警察に突き出すのかしら？」

つかさが憮然とした調子で尋ねた。

女達は逡巡《しゅんじゅん》した。自分たちの中に殺人者がいるという考えは、それまで彼女たちの中ではっきり認識されてはいなかったのである。

静子は予想していた質問だったのか、動じる様子はない。むしろつかさをじっと見つめ返す。

「じゃあなに、あんたは今ここであたしが『ごめん、あたしが言ったこと忘れて。いつもどおり和気藹々《あいあい》と宴会を始めましょ』って言ったらその通りにしてくれるわけ？　今までどおりなんとなくすっきりしないけど、口に出さずに仲良くやっていくのがお望みなの？」

つかさはぐっと詰まる。そのようなことを静子が申出なぞしようものなら、真っ先につかさがそれを否定するのは目に見えていたからである。

「いいじゃない、みんな思ってることしゃべってみれば。結果がどうなるかはまだ分からないじゃないの。結論が出るとは限らないし、もし望まない結果が出たとしても、あたしは後悔しない。このまま、また来年まで宙ぶらりんで待つの、もう嫌だな」

絵里子が穏やかだがきっぱりとそう言った。尚美も小さく頷《うなず》く。何かをはっきりさせなければならないのだが、それが何なのか分からない。それをどうやってつきとめればよいのか分からないが、その疑問を忘れてしまうこともできない。そんなふうにずるずると過ぎてしまった四年間だった。皆、この状態に閉塞感と不満を覚えていたことは確からしく、女たちを包む空気は静子に合意する方向にじわじわと動いていた。

「そうね。あたしたちも大人なんだし、何かの結論に達したとして——その時はその時。フレキシブルな対応を考えましょう。だから、ここでこう確認すればいいんじゃなくて？　ここで口にしたことは口外しない。ここで口にしたことを後悔しない。あとで『やっぱりやめときゃよかった』っていうのはなしよ。どうかしら」

えい子が泰然とまとめる。みんな無言だ。

チン、とキッチンの奥でオーブンの音がした。

「あら、ホウレン草のキッシュが出来たわ。ちょっと待ってて」

えい子が慌《あわ》てて立ち上がる。絵里子も続いて立ち上がる。

「何よ、絵里子まで」

「ごめん、あたしビール飲む」

「信じられない、ワイン飲んだあとでビール飲むなんて」

「どうも最初にビール飲まないと調子出ないのよ」

あきれ顔の静子たちを放り出して絵里子はキッチンに入った。

えい子がほかほかするキッシュをオーブンから取り出してアラビアの青い大皿に載

せているところだった。

「あら、おいしそうねえい子さん」

絵里子は冷蔵庫の中をのぞきこみながら呟いた。

「絵里ちゃん、ほめるんならちゃんと食べて。あんたはビタミン不足だわ。さっきから見てると、ほとんど食べてないじゃないの」

えい子がちょっとだけ睨《にら》んでみせる。

「えー、そんなことないよ。あたしにしては食べてる方だわ。こんなご馳走だもん」

抗議しつつ絵里子は目を冷たい箱の中に向けた。冷蔵庫の中にはぎっしりといろいろなものが入っている。人のうちの冷蔵庫と本棚は、ついつい中を観察してしまう。作った日付の入ったお手製のトマトソース。冷や御飯が一膳分。レバーペーストの瓶。ラップにくるんだ食べかけのチーズ。海苔《のり》の佃煮。

へえ、えい子さんも永谷園愛用してるんだ。意外。

缶ビールを取り出し、その場で蓋を開ける。

「絵里ちゃん、グラスは」

「いらない。洗い物増やすことないでしょ。このままでいい」

絵里子は壁によりかかったまま一口ビールを飲んだ。冷たい液体が喉の奥を流れていく。脳のどこかで誰かが囁《ささや》く。しっかりしろ。第二ラウンドはこれから始まろうとしているのだ。

「まあ、お行儀の悪い。いい歳をした女の子が」

キッシュを切りながらえい子が顔をしかめる。

絵里子はくすりと笑った。

「——あたし、もう三十五よ。えい子さんにとってはいつまでも女の子なんだなあ」

「そうよ。高崎さんはお元気？」

「元気——なんじゃないかなあ」

「あら、会ってないの」

「会ってるけどね。今更盛り上がる仲じゃないし」

「同居しちゃえば」

「うーん。同居したとしても時間的に完全な擦《す》れ違いだし、既にそういうきっかけをあたしたちはずっと前に失ってるの。お互い、終わらせるガッツもないし、新たに他の人で始めるガッツもないのよ。中途半端な年齢だしね」

絵里子はグビリとビールを飲む。首筋のひやりとする感覚はビールのせいだけではあるまい。信雄とあたしは、もうずっと前に選択を誤ってしまったのだ。出会ってからあまりにも長い年月が経っている。どうなのだろう、もしもっと早いうちに結婚していたら、この形容しようのない年月を、夫婦の蓄積として、今とは違った視点で眺めることができたのだろうか？

「時子さんもさあ、きっといつまでもあたしたちのことを『親戚の女の子』だとしか思ってなかったんだろうね」

「そうよ、可愛い身内だもの。時子さんはあんたたちをすごく可愛がっていたわ」

絵里子が壁によりかかったまま呟くと、えい子は皿を手に取りほほ笑んだ。絵里子は乾いた笑いを漏らす。

「違うの、そういう意味じゃないの。たぶんね、あの人はあたしたちの誰一人としてまともなもの書きとして認めてなかったと思うな」

えい子が動きを止めた。

「そう思わない、えい子さん？」

「馬鹿おっしゃい。さあ、キッシュが冷めるわよ」

絵里子は肩をすくめてえい子のあとに続いてキッチンを出た。

でも、ほんとだ。きっとえい子さんも認めてないに違いない。この世の誰一人として重松時子の代わりにはなれないのだ。

木曜日の前の日の夜・1

取り分けられたキッシュは、たいへん美味であった。

女達はもぐもぐと口を動かし、ワインを味わい、それらを賞味しつつも静子にちらちらと目線を送っている。

静子はえい子のせっかくの自慢料理を殺人譚で損なうのを恐れたのか、単にキッシュに夢中になっていたのかは分からないが、黙々と料理を口に運んでいる。

あらかたキッシュが胃袋に消えてから、静子はおもむろに口火を切った。

「あたし、あの日の何日か前にね、時子姉さんに銀座で会ったの」

「あら、そうなの。どこで」

えい子が意外そうな声で尋ねた。

「N画廊よ。あたしはうちで画集を出してる画家の先生の個展だから行ったんだけど、時子姉さんもちょうど同じ日に来てたのよ。ばったり、あら、って感じ」

静子は大御所の銅版画家の名前を挙げた。時子の本の装丁もしている画家だ。時子は晩年あまり外出するのを好まなかったが、若い頃からつきあいのある画家で、仕事も一緒にしていたので義理を感じたのだろう。

「それで、先生と時子姉さんと、三人で食事をしたの。その時に、なんとなく変だなと思ったのよ――えい子さん、いつごろからあんなにひどくなったの？」

静子はちらっとえい子に目をやった。

「何が？」

「時子姉さんの肩よ。右腕がほとんど上がらなくなってたでしょ」

みんながえっという表情になった。

えい子が肩をすくめる。

「前から少しずつよ――肩が痛いってずいぶん前から言ってたけど、『職業病だしね』と笑ってたわ。マッサージとか鍼《はり》とか彼女もいろいろ試してたみたいだけどね。特にあの頃は痛みがひどかったみたい。でも彼女にはみんなに言わないでって頼まれてたから。特に言う必要もないと思ったし」

「道理で執筆ペースが落ちてたはずだわ。時子さん万年筆フェチだったもんね。原稿用紙にも凝《こ》って特注してたし、自分の文字で小説をつづるという行為を愛してたわ」

「生原稿も全部自分で保管してたものね」

「つらかっただろうな」

皆口々に感想を述べる。

「じゃあ――」

つかさがハッとしたように呟いた。

「やっぱり自殺なんじゃないの？」

静子をのぞいて、みんなが顔を見合わせる。つかさが続けた。

「そもそもあたしたちが――あたしだけかもしれないけど――抱いていた最大の疑問点は、時子さんが自殺なんてするだろうか、ってことだったんじゃないの？　そりゃあ遺書はあったし、どうみても時子さんの字、時子さんの文章だったけどさ。でも、あの日だって浮き浮きしてるように見えたし、しかも『いいアイデアを思い付いた』なんて言ってる。あたしだって作家のはしくれ、いいアイデアが浮かんだ時は嬉しいもんよ。いつかものにしてやろうと、いそいそと大事に自分の中にしまいこんどくわ。少なくとも、あの時点で時子さんが死のうとしているようには思えなかったのよ。そこがあたしたちには納得いかなかったんじゃない？　でも、今の話を聞けば、立派な動機があったことになる。とりあえずあたしには納得できる動機だわ。遺書の内容ともぴったり一致する。自殺でいいんじゃないの？　どうしてもっと早く言ってくれなかったのよ」

「警察には言ったわ。あたしも、えい子さんと同じように、時子姉さんはみんなに知られたくなかったんじゃないかと思ったの。遺書があるんだし、その中に本人の手で理由が記されてるんだから、何を付け加える必要があって？」

　つかさの詰問に静子は淡々と答えた。

「ねえ、だったらどうして静子さんが時子さんを殺したことになるなんて言ったの？」

　絵里子が素朴な表情で尋ねる。

　静子は明らかにその言葉に青ざめた。絵里子は動揺する。

「――そうなのよ。時子姉さんには立派な動機があったわ。でも、だからこそだめなのよ」

「え？」

　みんなが静子の言葉に耳を疑った。

「あたし、あの日、この家に着いた時、二階の窓に時子姉さんを見たと言ったわね」

「ええ。あたしも見たわ」

絵里子がきょとんとした表情で答える。静子は小さく左右に首を振る。

「違うのよ」

「何が」

つかさが痺《しび》れを切らしたように促す。

「あたしが見たのは時子姉さんじゃないわ」

「え？」

「あたしが見たのは他の女だったのよ。なぜって、その女は右手を肩まで上げていたんだもの」

木曜日の前の日の夜・2

「ちょっと——ちょっと待って」

そこで青ざめたのは絵里子であった。

「待ってよ、静子さんが家に着いた時、家の中にいたのはあたしとえい子さんだけじゃない。すると、二階にいたのはどっちかってことになるわ」

「そうとは限らないの」

　静子は低い声でそれに答えた。

「問題は、誰かが嘘をついてるってことよ。だって、あの日の証言では、誰も二階には足を踏み入れてないことになってるんだから。それでなくとも時子姉さんは自分の許可なしに人を寝室に入れたりしないわ。あそこは本当に彼女のプライベート・ルームで、あたしだって一人で入ったことがない。お客様が多い日は、えい子さんはいつも大量の料理を作ってくれる。ゴミも当然増えるから、裏の勝手口に置いてあるポリバケツと往復する手間を省くために勝手口の鍵を開けとくのはみんな知ってるはず。玄関は目立つけど、勝手口から入ってこっそり二階に行くのはそんなに難しくない。誰でもノックして寝室に入れてもらうことができたわ。なぜ嘘をつくの？　考えられるのは一つでしょ、毒を入れに行ったからよ」

　沈黙が落ちた。静子は続ける。

「本当に、今日まで気付かなかったわ——今日、門のところで窓を見上げて誰かがいるのを見た瞬間に気付いたのよ——あれが時子姉さんのはずはないって。あたしはあの時顔を見たわけじゃなかった。警察にまで時子姉さんはここまでしか腕が上がりませんって答えたくせに、なんで気が付かなかったのかしらね。あの時あたしが気付いていれば——金庫の中にあった毒だったのか、外から持ち込んだ毒だったのかは分からないけど、時子姉さんから毒の種類を聞き出してたんだわ。それで、降圧剤と似たカプセルに入れて、薬を入れる瓶に紛れこませておいたんだ。うまいじゃない、いつかは必ず飲むんだもの」

次第に苦渋の色を帯びる静子の声にかぶさるように、慌てて絵里子が言った。

「それはちょっと短絡的すぎるよ。第一、静子さんが寝室に時子さん以外の人がいると気付いていたとしたって、その時は毒を入れているなんて思いもよらなかったんだから、どっちにしても時子さんが毒を飲むことを防ぐことはできなかったでしょ？　それに、たとえもし誰かが寝室にいたことを黙っていたとしても、その人が毒を入れたとは限らないんじゃないの？　何か内緒で時子さんに相談ごとがあったのかもしれないじゃない。だって、どう考えてもあの状況じゃ言えないよ、二階に行ったなんて。そんなこと言ったら、自分が容疑者になることは分かり切ってるじゃない。特に事情聴取を受けた時点では——つまり、このメモを作った時には、まだ自殺か他殺か結論は出てなかったんだから」

「そりゃそうだ」

つかさがすぐに同意したように頷き、口を開いた。

「あたしはやっぱり自殺説を取るな。アイデアを思い付いて浮き浮きしてたけれど、次の瞬間、それを形にするのに気の遠くなるような時間がかかることに愕然として、絶望して、発作的に。しかも、その時客間では、自分ほど才能ないくせにまだまだ時間だけはたっぷりある、あたしみたいな作家のはしくれがゲラゲラ談笑してたわけでしょう。それで嫌になっちゃったっていうの、分かるけどな——あたしがさっき言った台詞《せりふ》覚えてる？　やっぱり、そういう意味では、あたしたちがここにいたことで時子さんの死になにがしかの責任があるのよ」

「ねえ。また別の問題を思い出したわ」

絵里子がつかさの腕をつかんだ。

「花よ、あの花。あれはいったい誰が贈ってよこしたの？」

みんなが思わずマントルピースの上の白い花を振り返る。

五人の脳裏に、気味の悪いメッセージが蘇った。

皆様の罪を忘れないために、今日この場所に死者のための花を捧げます。

絵里子は続けた。

「あの花を贈ってよこした人物はあれが殺人だと知っているわけだよね。なおかつ、花を贈ってよこした人物は殺人者ではない。だとすると、殺人を犯した者と殺人を知っている者と、最低二人はいるということになる――すると、あれは殺人事件だったということになるよね。しかも、今度は嘘つきは二人に増えるわけだ。殺人という事実を知っているのは二人なんだから」

「頭が混乱してきたわ」

えい子が大袈裟に首を振った。静子が小さく手を挙げる。

「あたしは、とりあえず今あの花の贈り主を問題にするのは反対するわ。あれが本当に時子姉さんの死に直接関係するものかどうかは判らないでしょう。時子姉さんの熱心なファンが妄想をたくましくして嫌がらせをしてきてる可能性も捨て切れないし。あたしだってまだ自殺説を完全に捨ててしまってるわけじゃないのよ。ね、今は便宜的にその話はおいとかない？」

絵里子はまだ納得できない様子だ。

「うーん。確かにあの花がからむと話は複雑になるのよね――例えば、共犯だったとしたらどう？　逆に、共犯者がいれば、二階に行って毒を入れるのはずっと楽になる――もし共犯がいたんだとすれば、四年もたってからあんな手紙を送ってよこしたのも合点がいくな。二人が四年の間に決裂したのかもしれない――待てよ、やっぱり殺人者と目撃者は別かも――目撃者が殺人者を脅している可能性もある――」

「ちょっと、絵里子、あんたはいったいどっちの説なのよ」

ぼそぼそ呟く絵里子につかさが嚙みついた。

「わかんないなあ。どっちともとれるし、どっちでもないような気もする。ま、しょせんあたしはノンフィクションライターだしね。もっとたくさんの事実を並べてみないとまだ話が見えてこないな」

「ずるーい」

つかさが鼻を鳴らした。絵里子は軽く静子に手を振ってみせる。

「静子さんごめんごめん、花束の件はおいとこう。続けて。で、静子さんは殺人説を取るのね？　誰かが毒を入れたと」

静子は小さく頷いた。

「ええ。そもそも、あたしはなぜ時子姉さんがあの日二度も二階に行ったのかが気になるの。あの時、執筆に熱中していたはずの彼女が仕事を中断して二階に上がっていったのはなぜ？」

「薬を飲むためじゃないの？　彼女は運動不足を注意されてたし、家の中を少しでも動くようにしていたわ。だからわざわざ薬を二階に置いていたのよ」

えい子が答える。

「それもあると思うけど、あたしは誰かと会う約束をしてたんじゃないかと思うのよ。寝室だったら誰にも邪魔されずに会えるから」

「誰と？」

「その相手が犯人だと思うわ」

静子が低く言い放つと、みんなは黙り込んだ。居心地の悪い間。

犯人。時子を殺した犯人。それが存在しているのならば、自分たちは一緒に会食をしていることになる。えい子が立ち上がって、窓のカーテンを閉め直した。エアコンが気持ちよく効いているものの、冬の夜の冷え込みは少しずつ彼女たちを包囲しつつある。

「その口調だと、誰が犯人だか判ってるみたいね」

つかさが呟いた。

それに答えず、静子は席を立って部屋の隅にある飾り棚に歩み寄ると、ガラスの扉を開けた。

時子が出したこれまでの本――伝説的なデビュー作『蛇と虹』から、遺作となった『蝶の棲む家』までが収められている。静子は『蝶の棲む家』を取り出した。

「みんな、時子姉さんの最後の本を読んでどう思った？」

本を手に、静子は再びテーブルに着いた。

唐突な話題の転換に、皆戸惑いを隠せない。

一部に熱心なファンを持つ、耽美派小説を書く女流作家の自殺。その遺作とあって出版社も煽《あお》ったのは確かで、『蝶の棲む家』はかなり売れたらしい。しかし、その出来は、昔からの時子の読者からしてみれば『凡庸』の一言だったようだ。ちなみに、独身だった時子の遺産は、彼女の遺言により、えい子にその運用が委託された。何か『公的な』ことにそれを使うようにという時子の遺志をくんで、えい子は彼女の全集を作る費用に使うべくその準備を進めている。また、彼女の遺産は『うぐいす館』の維持費や、彼女の持ち物の保管費にその一部を当てることになっていた。こうして今もみんなが『うぐいす館』でえい子の料理にありつけるのはそのおかげである。

「別にどうも思わなかったな。めりはりのあるストーリーでもないし」

つかさがあっさり言ってのける。彼女は時子のオリジナリティを高く評価しているのと同時に、厳しい読者でもあった。どの作品も盲目的に崇拝しているえい子や尚美とは評価を異にする。

「うーん。あたしの印象は『散漫』かなあ。もともと、時子さんてめちゃめちゃ教養はあるし、美的センスも抜群だから、細部を書き込みがちじゃない？　それがファンにはたまらなかったんだろうと思うけど、今回は、書き込んであるんじゃなくて、ただ散漫――」

絵里子が自信なさそうに呟いた。絵里子の時子に対するスタンスは微妙だ。時子の文章やスタイルは素晴らしいいし尊敬していると思う。絶対自分には真似できないと思う。しかし、読者としてどっぷり浸ることもできない。「すごいなあ」とは思うが、自分は純粋なファンではない、と絵里子は分析している。静子もそれに近いのではないか、と絵里子はひそかに思っている。静子の口から時子の小説に対する評価をはっきり耳にしたことがないからかもしれない。絵里子は時子との血のつながりがないが、静子やつかさ、尚美はなまじ血のつながりがあるだけに、同じもの書きとしての感情は複雑かもしれない。

「それがどうしたっていうの」

つかさが訝《いぶか》しげな表情で尋ねた。

「あたしが考えているのは動機の問題なの」

静子が本のページをめくりながら低く呟く。

「動機？」

みんながおうむ返しに復唱した。

「そうよ。誰かが死んだ場合、それが殺人であると疑われる場合、誰が利益を得るかが問題でしょ？　時子姉さんの場合、遺産が誰かの手に入るってわけじゃなかったから、金銭的な問題はなかったと思うの。それじゃあ、殺人者の動機はなんだったのかしら？」

女達は顔を見合わせた。時子が死んで利益を得る者。そんな者が存在するのだろうか？　時子を尊敬し、ずっと小説を書き続けて欲しいと思うことはあっても、それをやめさせたい者など？

「あたしねえ、この『蝶の棲む家』は誰かの手が入っていると思うの」

突然、静子は宣言した。

「ええっ？」

「まさか」

口々に否定の声があがる。静子は続ける。

「時子姉さんの熱心なファンで、時子姉さんのタッチをよく知ってた人の手よ」

「あたしたちはみんなその条件に該当するわね」

つかさが挑戦的な口調でかすかに笑った。

「――ねえ、時子姉さんが時々『あたしの後継者』って話をしてたのは覚えてる？」

静子はさらに続けた。みんながぴくりと身体を動かすのが判った。

絵里子はヒヤリとした。

本当に静子はパンドラの箱をぶちまけるつもりなのだ。

たぶん、時子としては冗談半分のつもりだったのだろう。だって、彼女はあたしたちの誰一人としてまともなもの書きとは認めていなかったのだから。絵里子はそう心の中で自嘲した。しかし、彼女たちは本気にしたのだ。少なくともつかさと尚美は。

時子は時折気まぐれを起こした。

いつだったろう――つかさが純文学の新人賞を取った時のことだ。

まあ、こうしてあたしの血を継ぐ子たちが世の中に出てきてくれてうれしいわ。重松時子亡きあとも、あたしの名を継いでくれるかしら、誰かが。

アメリカではしばしばそういうことがある。数人のライターが人気作家の名を冠して、小説を書き続けるのだ。日本でも、漫画家のプロダクションが、ビッグ・ネームの作家亡きあとも同じ絵を描き続けている。

時子のその気まぐれな一言に、つかさと尚美は強く反応した。二人とも時子と血のつながりがあるし、作家として認められ始めた時期だっただけに、幼い頃からファンだった時子の言葉は魅力だったのだろう。

　二人の作風は対照的だ。つかさは緻密《ちみつ》でシビアな観察が持ち味で、冷たいモダンな文章が評価されている。老舗《しにせ》の文学雑誌の新人賞を取った『あかい歯、しろい舌』は、毎日誰とも口をきかずに黙々と他人の歯形を作り続ける歯科技工士の日常をグロテスクに描いて評判になった。尚美は前から少女小説を書いていたが、女性の心理を濃《こま》やかに描いたサスペンス小説を幾つか立て続けに書いて人気を得、主婦層をファンに持つ売れっ子作家になっていた。ドラマや映画の原作としても人気が高い。

　口には出さないものの、二人が互いにライバル意識を持たざるを得ないのは明らかである。実際に重松時子の名を冠して小説を書くのは不可能だとしても、彼女に自分の後継者と名指しされるのは非常に名誉なことだろう。今後の文壇での地位に影響しないとも限らない。

　しかし、結局時子の遺書には後継者うんぬんの記載はこれっぽっちもなかったし、やはり時子の気まぐれであったことは証明されているはずだ。なのに、何を今更静子はこんな話題を持ち出したのだろう？

　絵里子は静子の落ち着いた表情を盗み見た。

「『蝶の棲む家』は途中から構想が二転、三転したと聞いているわ。そうよね、えい子さん？　内容も大幅に変わっていたのでは？」

　静子が尋ねた。えい子が頷く。

「誰かに、試しに続きを書かせていたんじゃないかしら？」

「え？」

　みんながぽかんと口を開ける。

「……どう思う、尚美？」

　突然、静子が黙って座っている尚美に視線を向けた。ピクリとする尚美。ちらりと静子を見て、一瞬激しく視線がぶつかりあう。

　他の三人があっけにとられた表情で二人を見た。

「あたしね、『蝶の棲む家』の第二稿をえい子さんに見せられているのよ——結局没になったあの第二稿。えい子さんがどう思うって言ってきたのよ。やっぱりえい子さんの目はごまかせなかったわね。字は時子姉さんの字だったけどね——あれはどう見ても尚美の小説だったわ。最終的には時子姉さんが自分で決定稿を書いたわけだけど」

　尚美はじっとしたまま前を向いている。その瞳には特になんの色も浮かんでいない。つかさと絵里子は動揺していた。思わぬ事実に、どう反応していいのか分からない。

「あんたは気がつかないと思ってるみたいだけど——尚美はこの家に来る度にこっそり何かを探しているでしょう？　前から気付いてたのよ。ここに来る度にごそごそ部屋をひっくり返している。いったい何を探しているの？　時子姉さんに何を言われたの？——ねえ、あの日、時子姉さんの寝室にいたのはあんただったんじゃないの？」

静子は畳みかけるように尚美に言葉を投げ掛ける。

尚美は動かない。いつもおとなしい彼女の顔は、今日は能面のように無表情だ。みんながじっと彼女を見守っている。お人形のように整った尚美の姿を。

やがて、尚美はゆっくりと唇を動かした。

「ええ、そうよ。あの日、あたしはあの部屋にいたわ」

木曜日の前の日の夜・3

尚美は落ち着き払った表情で、膝の上に手を置いて静かに座っていた。

お人形のようだ、とつかさは思った。いつもこの子はお人形さんみたいだった。

初めて会った時のことを覚えている。まだ中学生だったが、その時の第一印象も同じだった。整った顔だち。華奢《きゃしゃ》で色白。遠足や林間学校以外ではズボンを穿《は》いたことのない、レースとリボンの似合う女の子。きれいな子だったが、昔から表情に乏しかった。いつも誰かに頭を撫でて貰うのを待っている。だからといって媚《こ》びるわけでもなく、それが当然だと思っている女の子。それがつかさの感想だった。

それでも、二人は親しくなった。自分たちが異母姉妹という言わば緊張関係にあることは分かっていたが、重松一族はそんなことでぎくしゃくするような一族ではなかったので、二人が行き来しても周囲は当然のような顔をしていた。何より、尚美はよく本を読んでいたし、頭のいい子だったから、本の話を心おきなくできるのは楽しかった。だが、表情の乏しい尚美が実は相当情緒不安定な娘だと気付くのにそう長くはかからなかった。彼女は鋭敏なセンスを持っているのと同時に、何か恐ろしく物騒で不安定なものを抱えていた。つかさはそれを宥《なだ》めコントロールする術《すべ》を見つけようと子供ながらに努力し、それはある程度は成功していたと思う。

親しくなってからしばらくして、つかさは思い詰めた目の尚美から、自分は小説を書いているのだが、読んで感想を聞かせてもらえないか、と切り出されて驚いた。実は、つかさも将来小説家になりたいと思い、密かに習作をしたためていたのである。

が、なぜかつかさの方は尚美に自分の習作を読ませる気にはなれなかったし、自分があの時先に同じ申出をしていたら、恐らく彼女も自分の習作を読ませてくれなかったのではないかと今でも思っている。

二人とも偉大な伯母である重松時子の影響を知らず知らずのうちに受け、それぞれに憧れを抱いていたのだろう。当時の二人はまだ時子の著書をほとんど読んでいなかったが、伯母の醸《かも》し出す雰囲気や、世間での評判を感じとっていたのかもしれない。

つかさは少なからずびくびくしながら尚美の小説を読んだ。自分のものよりも優れていたらどうしようというライバル意識もあったが、それよりも恐れていたのは、つまらなくて批評をしなくてはならなくなったらどうしよう、ということだった。尚美が他人の批判を受け入れる人間ではないということに薄々気付いていたからだ。無論、尚美は聡明な娘であるから、自分に向けられた批判や忠告が正しいか否かということを客観的に判定できるし、正しい批判は受け入れた方が得であることは分かっているのだが、感情がその理性についていかないのだった。彼女が親戚や母親から叱責を受けるのを見ていても、つかさはいつもはらはらした。尚美はじっと黙って叱責を受けるし、きちんと頷いて詫びも言う。しかし、彼女の理性の指示するところと、彼女の中に渦巻く感情は全く噛み合っていないのだった。誰でも多少はそういうところがあるけれど、尚美のそれは極端だった。彼女自身、その歪《ゆが》みを持て余していることが傍《はた》目《め》にもよく分かった。

しかし、正直なところ、尚美の小説には驚かされた。一見独善的に見える尚美の内面の豊かさに目を見張った。自分と全くタイプの違う小説であることにホッとしたというのもあるが、自分との観察者としての違いが非常に興味深かったのである。

つかさは幼い頃から自分が観察者であることを自任していた。言いたいことははっきり言うものの、それほど他人との間に摩擦を起こさないのは、つかさの観察が自分自身にも他人と平等に向かっていることが周囲に伝わるからだということに気付いていた。小説を読んで、尚美が同じく観察者であることにつかさは驚いた。それも、相当鋭くリアルな観察眼を持っていた。が、つかさと違っているのは、彼女は他者と自分を常に対峙させて観察していたことである。つかさの場合、『彼女は林檎《りんご》が好きで、あたしは葡萄《ぶどう》が好きだ』だが、尚美の場合は『彼女は林檎が好きだけど、あたしは林檎じゃなくて葡萄が好きだ』なのだ。つかさは尚美という人間を少し理解できたような気になったし、実際彼女の小説を心から褒《ほ》めることができたのをいろいろな意味で喜んだ。尚美はホッとしたような表情でつかさの言葉に笑顔を見せた。彼女もまた、つかさの読み手としての能力を信用していたのだろう。その後も彼女はコツコツと小説を書き、二十歳そこそこで少女小説界にデビューした。たちまち売れっ子になり、数十冊の本を上梓する。その時点でも、まだ二十三、四歳だった。ここから先が尚美らしいと思うのだが、経済的に成功しても、彼女は自分がひとりキャリアウーマンとして生きていくタイプではないことをよく承知していた。彼女は誰かに頭を撫でてもらうことが必要だったのである。尚美はいったん休筆宣言をすると、見合いをして十歳年上の高級官僚と結婚をした。家柄もまあまあで、ミッション系のいい女子大を出、才能もあるお人形のように綺麗な女、という尚美のキャラクターがそういう相手にとって理想的であったのは想像に難くない。

尚美は一男一女をもうけ、子供たちがある程度大きくなると、再び小説を書き始めた。今度は大人の女性を主人公にし、一段とパワーアップさせた観察眼をフルに駆使した心理小説だった。それが評判になり、『妻であり母である作家、しかも美人、おまけに重松時子の姪』という要素がマスコミにも受けたのか、女性誌に引っ張りだこになる。

人も羨む地位を得たはずなのに、つかさはここ数年、少女期に勝るとも劣らない彼女の鬱屈を強く感じていた。その原因が何なのかはよく分からなかった。しかし、最近発表された彼女の小説のはしばしや、毎年顔を合わせるこの会で（今ではこの会が唯一の彼女とのつながりだった）彼女の表情を見ていると、彼女の歪みがますます大きくなってきているのを感じていたのである。

つかさが老舗の文学雑誌の新人賞を取った時の尚美の目は、今でも忘れられない。それは、一言で言えば『裏切り者』という目だったと思う。つかさはなぜかしどろもどろに言い訳をした。

いやあ、尚美を見ていてとっても羨ましくなったのよ。毎日単調な仕事をしてて退屈になっちゃって、じゃああたしも気分転換に書いてみようかなって思って。

中学生の頃から幾つも習作を書きため、大学時代から投稿していたことはどうしても言えなかった。しかし、尚美はどうやらつかさのその言葉を信じていなかったようなふしがある。

外は雨。古い洋館のこぢんまりとした客間は、さながら法廷の様相を呈してきた。ほんの少し前までは青ざめた静子にスポットライトが当たっていたはずなのに、今ライトが当たっているのは、それまで無口だった尚美らしい。

「――説明してもらえる？」

正面から尚美を見据《す》えながら、静子が有無を言わせぬ迫力を込めて尋ねた。

尚美はチラッと静子を見た。一歩も譲らぬ頑固な視線に、静子は内心ひやっとさせられたが、ここで目をそらしたら尚美から何も引き出せないとじゅうじゅう承知していた。

ほんとに手強いお嬢さんだこと。

静子は心の中で舌打ちした。実は、生前時子と尚美の間で何か密約めいたやりとりがあったのではないかと彼女はかねがねえい子と共に疑っていたのだ。時子の死後数年、尚美が『うぐいす館』に来る度に見せる謎めいた行動に気付いていた静子は、えい子と二人、彼女にその理由を白状させる機会を窺《うかが》っていたのである。まともに面と向かって詰問したところで、尚美が簡単に口を割るとは思えなかったからだ。

今回『うぐいす館』に着いた瞬間、自分の誤りに気付いたことが、こんな形で役立つとは。

静子は視線をそらさず、尚美の返事を待った。

他の女たちはじっと押し黙ったまま尚美を見つめている。

尚美は小さく溜め息をついて、乾いた声でボソリと呟いた。

「――手紙を探してたのよ」

「手紙？」

静子が聞き返す。

尚美は少しためらっていたが、もう逃げも隠れもせぬという感じに小さく手を広げてみせると、くだけた様子で続けた。

「あたしを後継者に指名するという、時子さんのサイン入りの手紙よ。あたし宛てのね」

「そんな手紙を時子が？」

驚いた声を上げたのはえい子だった。無理もない。公私にわたって時子と三十年以上もつきあってきたえい子の耳にそんな重要なことが入っていなかったというのは、彼女にとってもショックに違いない。えい子は信じられない、というように静子の顔を見た。静子は当惑した表情でえい子を見返す。

女たちの間にもとまどった視線がちらちらと交わされた。

絵里子は思わずつかさの顔を見た。同じく『重松時子の後継者』を目指していたつかさがショックを受けているのではないかと思ったのだ。無意識のうちにつかさを見た時、尚美もさりげなくつかさの表情を観察しているのに気付いた。ほんの一瞬だけ尚美の勝ち誇った目を見たような気がして、あまりいい感じはしなかった。

つかさの方ではそんなつもりもないのに、尚美が一方的につかさにライバル意識を強く抱いているのは前から気付いていた。尚美の方が知名度も経済力も数倍リードしてはいるものの、彼女よりずっとあとにデビューしたつかさが、古くから文壇で認められている新人賞という、言わば『正統なルート』で恵まれたスタートを切ったことに穏やかならぬものを感じていたのではないだろうか。しかも、時子が自分の後継者云々《うんぬん》という話を持ち出したのは、つかさの新人賞祝いの時だった。同じ時子と血のつながりのある姪という点では尚美も同じである。余計彼女が敵愾《てきがい》心を燃やしたのも頷ける。

さて、つかさの見せた表情は、一言で言えば『安堵』だった。尚美の口から明かされた事実によって、後継者争いから降りることができたという密かな安堵を絵里子は見てとった。もちろん、彼女だって重松時子の後継者と名指されるのはありがたいことだし、「もしかして」という期待が胸をよぎったことも事実だろう。しかし、それよりもつかさにとっては、尚美と後継者を争うという構図になったことの方がより大きな精神的負担であったのもよく分かった。つかさは一見すれっからしで言いたいことを言っているように見えるが、他人との摩擦や駆け引きというものが何よりも苦手なのだ。その証拠に、彼女の毒舌や攻撃は、周囲の人々に緊張関係が生じた時によく見られる。ぴりぴりした空気や不穏な雰囲気に耐えられないのである。つかさが今どんなにホッとしているかを想像すると、ちょっぴりおかしくなった。しかし、勝利に酔っている尚美の前でおおっぴらに安堵した表情を出すわけにもいかず、少しは気落ちしたふりをしなければと、努めて神妙な顔をしているところを見ると、思わず苦笑してしまいそうになる。

「えい子さんには内緒にと言われたわ」

尚美は無表情な瞳でチラリとえい子を見た。えい子は傷ついた表情を隠しきれなかったが、尚美が向けた視線に少しだけムッとした顔をした。

「前からいろいろ打診されていたのよ——時子さんは一時期とても体調が悪かった。それで不安になったんでしょうね。『あたしはいつ倒れても不思議じゃないけど、まだまだ書きたいことがある。だから今のうちから重松時子のテクニックを誰かに受け継いでもらって、あたし亡きあともあたしの死んだことは世間には伏せてもらって、そのまま自分の名で書き続けてもらいたい。えい子さんには話をしておくし、遺言にもそう書いておく』。そういう計画だったの。『蝶の棲む家』は最初の習作だったわ。緊張して、時子さんのタッチを真似しようと意気込んだおかげでさんざんな出来になっちゃったけど——あたしの原稿をえい子さんに見せて見破られないようにするのが当面の目標だったのよ。それが、あんなに早く終わってしまうなんて——」

尚美は淡々と話を続ける。

「じゃあ、あの日はなぜあの部屋にいたの？」

静子が冷静な口調で尋ねた。尚美は落ち着いた目で静子を見た。

「あの日、あたしは時子さんに呼ばれたのよ。この話はもちろん内密に進めていたから、二人きりのところを見られるのはまずかったわ。特に、えい子さんにはこの計画がある程度進むまで打ち明けたくなかったと言っていたし。時子さんは『うぐいす館』の裏口から入るように指示していた。あの日はこれから先のことについて相談したいって話だった」

尚美はいったん言葉を切ると、ワインで喉を湿した。

「『このごろちょっと雲行きが怪しいのよ』。時子さんはそう言ってた。『だから後継者の件の遺言は、あんた宛てにして金庫には入れずにこの家のどこかに隠しておくわ』って。時子さんはなんだか急いでいたわ。話はほんの五分くらいで終わったと思う。これだけよ。あたしは、時子さんがこの家に隠したはずの、あたし宛ての手紙を探してただけ」

尚美はこれ以上話すことはないという顔でグラスを空けた。

なんとも言えぬ中途半端な空気がテーブルの上に漂った。

みんな誰かが口火を切るのを待っていた。気落ちしたふりをしていたつかさも何か言いたそうにしているが、話題が話題だけに切り込みにくいのだろう、しきりにワインを口にしている。

あたしがきくしかあるまい、と絵里子は腹をくくった。

「――いろいろ不思議なところがあるわね、今の話」

絵里子が話し始めると、他の三人がホッとしたような表情を見せる。

「まず簡単なところからいくと、なんでわざわざ尚美宛ての遺言を隠さなくちゃいけないの？　弁護士に預けるか、金庫に入れるかしておけばいいじゃないの。あの日の話だってわざわざあなたを呼ぶことはないでしょう、電話か手紙で済ませれば。その方がよっぽどあたしたちにバレずに済むじゃない」

尚美は躊躇《ちゅうちょ》した。確かにもっともな質問である。絵里子は続けた。

「他にもいろいろあるけど、一番理解できないのは、なぜ時子さんがそんなにまでして後継者を作りたかったか、だな。だって、率直に言って、例えばよ。尚美、自分が書けなくなったとして誰かに自分の名前で小説書いてほしいなんて思う？　あたしだったら思わないな。確かに時子さんの小説は素晴らしい。エレガントで、深い教養があって、華やかな凄味があって。あたしだって憧れる。ああいうペダンティックで上品な小説を書けるものなら書いてみたい。でも、それはしょせん時子さんのものでしよ。確かに尚美が時子さんの小説にぞっこんだったのは分かるけど、だからと言って今だってかなり成功してるあなたが自分の名前を捨てて、時子さんの名前で小説を書く必要がどこにあるの？　修業と呼ぶにはずいぶん生臭い話だよね。例えば、印税はどうなるわけ？　誰が受けとるの？　権利は誰が持つの？　変だよ。しかも、尚美は自分の小説にこだわるという点では時子さんに負けないくらいこだわる人だと思ってたんだけど。あたしも物書きの端くれだけど、どんなに下手でもつまらなくても、自分の文章はやっぱり可愛いものよ。あたしには、そもそもそういう申出をした時子さんの気持ちが分からない。みんなはどうか知らないけど、時子さんはオリジナリティも技術も卓越してたし、あたしたちの文章なんてお遊びぐらいにしか思ってなかったように見えた。どう？　違う？」

この攻め方は間違っていないはずだ、と絵里子は素早く心の中で計算していた。尚美は書くということに対しては非常に真摯《しんし》な娘だ。時子と交わした口約束の内容をほじくりだすよりは、物書きのプライドから攻めた方が口を開くだろう。

尚美は少しだけ苦しそうな表情になった。絵里子の読みは正しかったらしい。

「――そうよ。時子さんはもともと後継者なんか作る気はこれっぽっちもなかったのよ」

尚美は苦々しく吐き出した。

「あたしも絵里ちゃんと同じ感想を持ってた。時子さんにしてみれば、あたしの小説なんて『お嬢さんの暇潰しの作文』くらいのものだったわ。実際、それに近いようなことは『蝶の棲む家』を書いてた時にさんざん言われたし。それでも、あたしは引き受けたの。時子さんの小説を愛していたから」

尚美の声に、徐々に感情が迸《ほとばし》り始めた。彼女の中の何かが決壊したかのようだった。

尚美は何に腹を立てているのだろう？

四人の女はけげんそうに顔を見合わせた。

「静子さんにききたいんですけど」

尚美はキッと静子の顔を見た。静子はハッとしたように尚美の顔を見る。尚美の目には先ほどの頑固な様子はもうなく、毅然とした表情が浮かんでいる。

「『蝶の棲む家』以前——晩年の時子さんの小説、どう思います？　さっきの質問の繰り返しみたいになりますけど」

静子は少し考えていたが、やがてあっさりと答えた。

「全盛期は過ぎていたわね」

尚美は薄く笑った。

「素敵な言い回しですね。静子さん、優しいから。あたしが思うに、全然駄目です。人物にちっとも魅力がないし、どれだけ華美な言葉を使っても一糸乱れずピシリと細部まで決まるのが時子さんの文章なのに、晩年は破綻《はたん》しまくってるんです。ただゴテゴテしてるだけ。重松時子らしいところが影をひそめてしまった。どうしちゃったんだろう、具合でも悪いんだろうか、というのがあたしの感想でした。実際、徐々に体調を崩されていたんですけど、それだけじゃなかった。時子さんがあたしにあんな話を持ち掛けたのも、あたしが時子さんの作品が変わった理由を時子さんに尋ねたからだと思うんです」

尚美の空いたグラスに、つかさがどぼどぼとワインを注いだ。尚美は小さく会釈する。

少し飲んでから、尚美は言葉を継いだ。

「この家を見るとね、あたしいつも鳥かごを思い出すの。小さな檻《おり》みたいだなって」

尚美の饒舌ぶりがつかさには珍しく、少々恐ろしかった。が、ここで吐き出した方が彼女のためにもいいだろう、と考え直した。

「それはあたしの勝手な連想だと思うけど——でも、あたしには、この『うぐいす館』は時子さんを閉じ込めてる檻にしか見えなかった」

「閉じ込めてる？　誰が？」

静子が驚いたような顔で尋ねた。尚美はきっと顔を上げた。

「それは静子さんだって薄々分かってるはずでしょう。こんなこと言いたくなかったけど仕方無いわ。あなたがですよ——ね、えい子さん？」

木曜日の前の日の夜・4

私設法廷かと思いきや、順繰りに主役が巡ってくる舞台劇の間違いだったらしい。この分じゃあたしにお鉢が回ってくるのも近そうだわ、とつかさはげんなりした気分で考えた。次回はあたしが犯人役に違いない。

今日は最初からずっと、息詰まる場面ばかり続いている。みんなよくもまあこんなにいろいろなものを溜めこんでいたものだと感心するのと同時に、今までいかにみんなが一部分しか見せていなかったのかを思い知らされたような気がした。

ただでさえしぶとい女たちだ。行き着くところまで行くしかないか。

つかさは残っていたオードブルをこっそりつまんだ。

「——何が言いたいの？　想像力豊かなお嬢さん」

えい子はかすかな軽蔑を込めて尚美の顔を見つめた。

つかのま見せていた傷ついた表情はどこへやら、えい子は体勢を立て直していた。むしろ、静かな怒りを全身から滲《にじ》ませている。普段一緒に御飯を食べている分にはただのおおらかなおばさんなのだが、こうして見ると、老舗出版社の文芸部長の肩書を持っているのも伊達ではない貫禄と迫力を感じさせる。えい子には、全くの新人だった時子を見つけだし育て上げてきたという自負があったし、公私に亘《わた》って時子の面倒を見てきたのは誰の目にも明らかだった。尚美の発言がただの言い掛かりだと思われても仕方がない。

「閉じ込めていた——ひどい言葉ですけど、結果的にはやっぱりそうだと思うんです。だって、結果として時子さんは一人では何もできない人になっちゃった。仕事も、生活も。食事の支度や財産の管理でさえ、えい子さんに任せっきりで、自分では冷蔵庫に何が入ってるかも分からなくなってしまってたんですもの。時子さんは全てをえい子さんに握られていて、手紙もおちおち出せなかった。監視されていたんです。あたしへの手紙を隠したのだって、一緒に生活しているあなたに見つからないようにするためだった。時子さんの小説は、多作ができるタイプのものじゃなかった。一年か二年に一冊のペース。そうでないと、あれだけのレベルのものはとても維持できない。しかも、時子さんと出版界の窓口はえい子さんだけ。あなたがガッチリと全てを管理していたから、他社から時子さんに依頼が来たことはほとんどなかったと聞いています。ところが、時子さんは体調を崩して、肩の痛みも手伝って、ますますペースは落ちていた。あたしが思うに、むしろ、えい子さんが時子さんの熱心なファンであったことが災いしたんじゃないかしら。そう、誰にも分からなかったし、時子さんにもどうすることもできなかったんでしょう。あなたが時子さんの原稿に自分の文章をどんどん継ぎ足ししていったとしても。時子さんの原稿を読むのはあなただけ。決定稿のゴーサインを出して、印刷所に入れるのもあなたの仕事。時子さんのアイデアを、どれだけ直したり書き加えたりしたって誰にも分からない」

またしても女達はざわざわとした。えい子だけが厳しい目をしたままじっと尚美を見つめている。尚美は続けた。

「あなたは文章のプロだし、時子さんの文章の癖も熟知している。時子さんもどきの文章を書くのはお手のものだと思ったんじゃないかしら。時子さんの第一のファンを自任しているし、私なら書ける、と。あなたも本当は自分で小説を書きたかったのかもしれない。そうして、あなたが時子さんの文章に書き加える分量はどんどん増えていった」

尚美はすっかり堅さが取れて、むしろリラックスしてきていた。

「時子さんは、自分が書いていないのに自分の名を冠した小説が出て行くのをどうすることもできなかった。それを止める術を知らなかった。自分の生活の全てを管理されていたんですもの。それならいっそ、同じ自分で書けないのなら、まだ未熟だけど自分が一から教えることの出来る自分の姪に書かせたいと思っても不思議じゃないでしょう？　あたしだって、本当は自分で書きたいのに書けない状態にあるのならば、勝手に直されるよりは自分の信用するプロの作家に指示して書かせた方がいいと思うわ。そうすることによって、えい子さんへの抗議になるし、二人の閉じた関係にあたしというオフィシャルな存在を引っ張り込むことができる」

尚美は自信に満ちた目でえい子を見た。

「これが後継者選びの真相だわ。あたしはどうしても時子さんの手紙を見つけたかった。あたしが名乗りを上げることで時子さんの小説の名誉を守りたかったから。今にして思えば、あたしたちの前で後継者選びの話をしたこと自体が、時子さんのえい子さんに対する精一杯の抵抗だったのかもしれないと思ってます。どんなに読むことが堪能《たんのう》な人でも、書けるとは限らない。最後の方の時子さんの小説は、評論みたいな文章だった――」

「どんなに読むことが堪能な人でも――その台詞は、ひょっとして時子が言った言葉ではなくて？」

えい子が、静かな声で尋ねた。尚美はきょとんとした顔をしたが、小さく頷いた。

「――そう」

えい子は急に暗い顔になると、疲れたように溜め息をついた。尚美はおやっ、という表情になる。完膚なきまでにえい子を叩《たた》きのめしたと確信していたのに、えい子に敗北者の表情はない。むしろえい子の反応は沈みこむように暗くなるばかりだった。

「大した妄想だわ。さすが小説家ね」

えい子はぼそりと呟いた。尚美は顔色を変える。反論しようと口を開きかけた尚美を、えい子は小さく手を挙げて制した。

「あなたの妄想じゃない。時子のよ」

みんなからえっ、という小さな叫びが上がった。

「時子さんの嘘だと言うんですか」

尚美がなじるように言葉を投げる。えい子は尚美の顔をじっと見つめた。

「そうだと言ってもあなたは信じないでしょうね。でも、それを言うなら尚美ちゃんの話だって何一つ根拠はないのよ。もしかするとあなたの妄想だということも考えられる」

えい子が落ち着いた声で答えると、尚美がカッとなるのが分かった。

えい子はぐるりとみんなを見回した。

「そうは思わない？　時子の遺言にしたって、金庫の中にあったのはあの通りのものだけ。もう一通の遺書が実在しているという証拠はどこにもないでしょう。尚美ちゃんがごそごそ今まで探していたのが証拠だと言うかもしれないけれど、彼女が時子の手紙を探していたという証拠もない。ただのブラフだったのかもしれないし、先祖代々に伝わる宝石でも探していたのかもしれない。もちろん、あたしの言うことだって嘘かもしれない。もう時子はこの世の人ではないんですもの。故人をけなす気はあたしには毛頭ありません。尚美ちゃんの言う通り、あたしは時子の一番のファンを自任してますからね。――そう、確かに晩年の彼女の原稿に手を入れました。そうしなければ、今残っているのよりももっと悲惨な作品を、時子の次回作を楽しみにしている読者に提供することになったから。そんなことはあたしには許せなかった。もう時子は書けなくなっていた。書きたかったけど、書けなかった。読者の期待にプレッシャーを感じていたし、自分の作品に対する理想は高くなる一方だった。最後の方の時子はね、あたしが手直しした文章をよくけなしていたわ。どうしてもっとうまく直せないの、あんたがあたしの作品をどんどんひどくしている、自分でもともと書きたかったものだからあたしの名前を使って自分の小説を書いているんでしょうと怒鳴られてばかり。完全にあたしに自分の作品を歪曲《わいきょく》されていると思い込んでいたわ。そうすることで自分の作品に対するプライドを守ろうとしていたのね。そして、その思い込みをさらに強固なものにするために尚美ちゃんを引きずり込んだ。そうすれば、自分の作品の名誉を守ることができるから。本当はもっと素晴らしいのに不当に書き替えられていると自分を慰めることで自分を守ることができたから」

えい子はふうっと長い溜め息をついた。もう一度ぐるりとみんなを見回す。

「さあ、皆さま、どちらの説を信じます？」

女たちは顔を見合わせた。尚美は青い顔をしてテーブルの上を見つめている。

えい子はテーブルの上で両手の指を絡ませると、その指に向かって呟いた。

「――まったく、あんたたちときたら、一人で生まれてきて一人で育ってきたような顔をしてる高校生みたい、と思うことがあるわ。確かにあたしには書けない。あんたたちの作品があってこそあたしの商売は成り立っている。でも、その逆もあるのよ。発見され、マーケットに乗せられてこそあんたたちの存在があるのよ。あたしには読むことができる。たくさんの小説を読んで、その中から可能性のあるものを見つけだしてお金にすることができる。そうすることであたしは自分の生活の糧を得てきたし、そのことに深い歓《よろこ》びを得てきたわ。あんたたちがどんなに素晴らしい作品を生み落とそうと、誰かの目に触れて読まれてこそ小説というものは成り立つの。それを忘れないでほしいわ」

女たちは皆、後ろめたそうな顔になった。えい子はギッ、と椅子を引いた。

「さて、夜も更けてきたしあたしは先に休ませていただくわ。言いたいことは言ったしね。このあとみんなで話し合って、時子を殺した真犯人は代作がバレそうになったあたしだったことにしていただいてけっこうよ。おつまみが足りなければポトフが鍋《なべ》にあるから温めてちょうだい」

えい子はゆっくりと立ち上がった。

「でも、あたしの仮説は変わらないわ。時子の死、あれは自殺よ。時子の最後のプライドだわ。彼女が自分と読者に対してまだプライドを持っていたことを、あたしは今でも嬉しく思ってる」

えい子はそう言い残すと、ゆっくり客間から出ていった。

木曜日の前の日の夜・5

えい子の座っていた椅子が空くと、やけに雨の音がバラバラと大きく聞こえた。

なんとも後味の悪い沈黙が降りたままだった。

誰からともなく大きな溜め息が漏れた。

「えい子さん、マジで怒ってたかな、ちょっと」

つかさが頭をかきむしりながら呟《つぶや》いた。

「そんなことはないでしょう。ちょっとムッとしただけよ。あの人はあんたたちが思ってるよりもずっと大きな人よ」

静子が煙草に火を点《つ》けながら低く答えた。

「今日という今日は」

絵里子が頬杖をつく。

「――もの書きという商売がつくづく嫌になったわ」

「でも、また明日になれば書くでしょう」

静子が煙を吹き出しながら乾いた声で続ける。

「うん。たぶんね」

絵里子が返事をする。つかさが立ち上がり部屋を出ようとして、みんなを振り返った。

「あたし、ジンにする。絵里子は？　ついでにポトフもあったためようかな。なんだかがっくりきたらまたおなかすいちゃった」

「あたしビール」

「よく飲めるわね、この寒いのに。静子さんと尚美は？」

「赤をもう一本。なんだか今まで飲んだ分は味が分からなかったわ。それで、いった い結論はどうなったわけ、今日のところは？」

静子が疲れたようにひとりごちた。尚美はうなだれたまま黙りこんでいる。

「――何も話は進んでないわ。一回りして、自殺だってことになったみたい」

つかさが鍋《なべ》を火に掛け、ジンとワインとビールをいっぺんに抱えてキッチンから戻ってきて答えた。

「結局、静子さんが見たのは尚美だった。そういうことみたいね。話の進展としては」

絵里子が缶ビールのプルタブを引上げながら呟いた。

「それだけかあ」

静子は既に本数の分からなくなってきたワインのコルクを抜くのに専念した。

「重松時子殺人事件は存在していなかったと。でも、まだ謎は幾つか残ってるよね。あの花束とか」

絵里子が人差し指を立ててビールを飲んだ。

「ああ、そうか、あの花束があったわね」

静子が天井を仰いで頷《うなず》いた。絵里子があとを続ける。

「でも、結局どこかのファンの悪戯《いたずら》のような気がするなあ。あまりにもタイミング良く着いたから何か事件と関係あるのかと思いこんじゃったのよ」

「それは違うと思うな。あの花束を贈ったのは、うちにあの花瓶があるのを知ってる人よ。そんな人はそう何人もいないでしょう。あたし、見たもの。あの百合の花がはじめからあの花瓶に合う長さに切ってあったの」

つかさが鋭く否定する。

「ええっ、そうだったの」

静子と絵里子は思わずマントルピースの上の花を振り返った。

「うーん。そうとは知らなかったわ」

「じゃあやっぱり謎は振り出しに戻る、だね」

鍋が吹く音がして、つかさは慌《あわ》てて立ち上がった。やがて、大きな陶器の深皿にごろごろ煮込まれたほかほかの肉と野菜を盛って現れると、歓声が上がる。

「おいしそう。さすがえい子さん」

そそる匂いに、夜更けの空腹を刺激された女達はたちまち皿に飛び付いた。

「尚美ちゃん、食べなよ。そういつまでも落ち込んでないでさ。あんたの話、面白かったじゃん。あんたの発言があったからこそえい子さんも本音で話してくれたわけだし。初めにみんな思ってること言い合おうっていう目的は果たしたわよ」

つかさが小皿にポトフを取り分け、尚美に差し出した。

ずっと黙りこんでいた尚美は苦笑しながら皿を受け取る。

「別に落ち込んでるわけじゃないんだけどね。ただ、やっぱり妄想すらも時子さんには全然かなわなかったんだなー、って思ってショック受けてたとこ」

心なしかさっぱりしたような顔である。

「さすが、どこまでも作家だねえ、尚美は」

つかさがケラケラと笑った。

「妄想、けっこうよねえ。あたしたちはそれでお金をいただいてるんだから。誰しも自分の妄想の中で生きてるんだし、こっちはいかに赤の他人を自分の妄想に引きずり込むかに命掛けてんのよ。自意識過剰だの人のあら探しする嫌な奴だの言われてもしょうがないわよ」

「そうよね。書いてる時はこんな仕事を選んだ自分を呪《のろ》ってるけど、小説を完成させる度に、もう一作、もう一作っていつも思うわね。不思議なものだわねえ。始めるとつらいばかりなのに」

尚美も珍しく無邪気に笑った。絵里子が口を出す。

「因果な商売よねえ、これって。でも、あたしやっぱり自分が男だったら物書きの女とはつきあいたくないなあ」

「あたしもあたしも」

「やあよねえ、一緒に生活してる女に私小説なんか書かれた日にゃ」

「あたし思うんだけどさ。一生懸命働く女性は美しいのに、なぜか女が小説書いてるところってすごくみっともないよね。不思議と男はそうでもないんだけど。まちがっても恋人になんか見せたくないよ」

「たまにいるじゃん、小説書く時はお化粧してお洒落《しゃれ》してって人」

「そうすると気持ち良く書けるのかなあ？　誰かやってみて欲しいな。効果があるんならあたしもやる」

ようやく緊張がほどけて気楽な酒盛りになった。今まで丁丁発止《ちょうちょうはっし》のやりとりが続いていた反動か、陽気で親密な空気が満ちる。

「ねえ、静子さん、小説書こうと思ったことないの？」

尚美が静子に尋ねた。静子はゆったりと煙草を吸いつつワインを飲んでいる。

「小説？　ないわねえ」

意外だという顔で静子は答えた。三人はじっと静子の顔を見る。

絵里子は、静子こそが時子に匹敵する才能のある女性だとつねづね思っていた。生活環境のせいか、静子は教養と美的感覚に優れているし、顔も広くて世事にも明るい。美術関係の出版プロダクションを経営している傍ら、骨董や書画に対するエッセイは何冊かにまとめられ、豊かなセンスと高い鑑識眼に、業界では名文家として知られていた。絵里子はいつか静子に小説を書いてもらいたいなと密かに希望していたのである。きっと時子とは対照的な、シンプルだがコクのある小説が書けるのではないか。

尚美がそんな質問をしたのも、彼女がやはり静子の実力を認めていたからだろう。

「だって、時子姉さんみたいな天才がそばにいてごらんなさいよ。とても小説書こうなんて思わないわ。彼女、ほんとに言葉が降ってきてたんだもの。ふんふん鼻歌うたってただけのくせにさ。最初から『蛇と虹』よ。すいません、って感じよ。天才って、いろんな意味で残酷な存在よね。天才は凡人を駆逐してしまうの。努力する人間を、そうと知らずに足蹴にしてるようなところがあるわね」

「モーツァルトとサリエリ?」

つかさが呟く。静子は苦笑いした。

「あたしって見掛けによらずぶきっちょだからさ。実はものすごく努力してんのよ。そばにあんなのがいて、けっこうつらかったわけ。『ごらん、あの池ですいすい泳ぐ白鳥は、水面下で必死に足を動かしているのです』なんて言ったたって、彼女は『必死?　それどういう意味かしら?』てなもんよ。彼女は何もしなくても最初から飛べちゃうんですもんね」

珍しく、静子の時子に対する本音を聞いたような気がした。今夜はみんな口が軽いらしい。

「でもさあ、静子さんの小説読んでみたいな。きっと静子さんが自分で思ってるのよりずっとすごいと思うよ。ね、もし自分が書くとしたら誰みたいな小説書きたい？」

つかさが尋ねた。

「うーん。書きたいのと書けるのは違うと思うけどね。誰かな」

「静子さんだったら、サガンとかああいう感じかなあ」

「違う違う。あたしはきっとどんくさい小説だと思うわよ。ほら、見掛けによらず不器用だから」

雨は相変わらずザアザア降り続けていた。

しばらくお喋《しゃべ》りをしていたが、やがて静子と尚美が欠伸《あくび》をし始める。

「そろそろ寝ようよ、あんたたちまだ飲んでるの？」

静子が伸びをしながら絵里子とつかさを交互に見た。

「明日の晩もあるんだから今日はもう寝たら？」

尚美があきれたように言う。

「あら！明日の晩もあるから今日は飲むのよ。明後日帰ること考えると、心おきなく飲めるの今夜だけじゃない」

「ねー」

絵里子とつかさは頷き合う。静子は肩をすくめた。

「こんな飲んべえとはつきあってられないわ。あたしたちは寝るわよ。おやすみ」

「おやすみぃ」

客間には二人が残された。静子たちがトイレや洗面所で水を流す音がして、一日の終りが来たという感じがするのがちょっと淋しい。

「なあによ、まだ十二時じゃない」

「宵の口よね」

二人は互いに酒を作りながら、今度こそリラックスした調子で近況報告など四方山《よもやま》話に興じた。絵里子とつかさは歳も近いし価値観が似ているせいかうまが合う。むくんできた足を他の椅子に乗せ、二人は悪口や噂話に盛り上がった。

「今日はほんとに疲れたよね」

「参ったなあ。こんなことになるとは。明日も続くのかしら?」

「でも、今日とりあえず結論は出たでしょう。明日はもっと楽しいディナーにしてほしいよ。肩凝《こ》っちゃった」

「ねえ、あたし四年前のあの日に気になってることがあるんだけどさ」

つかさが思い出したように呟いた。絵里子があきれたような顔になる。

「なに、まだなんかあるの?　よく覚えてるわねえ」

「たいしたことじゃないんだけどさ、ずっと気になってたのよ。改めてみんなにきくようなことでもなし」

「なあに？」

「玄関入ったところに一枚銅版画が掛かってるでしょう、ほら、鏡の隣よ」

「ああ、あの小さい絵ね」

「あの日、あの絵が掛かってなかったの、気が付かなかった？」

「ええっ？　全然気が付かなかった」

「その次に見た時は元通り掛かってたのよ。誰があの日だけ外したのかなあって思って」

「うーん。思い違いじゃなくて？」

「ううん、絶対なかった」

「何か理由があるのかしら？」

「それが分からないのよ。だからさ、ね、たいしたことじゃないでしょ」

つかさが言い訳するように話を打ち切った。絵里子は考えるような表情になる。

「あの絵、確か、野原で寝てる女の人が花持ってる絵だったよね。何の花だっけ」

「百合の花よ。一輪だけ」

二人はそう言葉を交わしながら、ふと何気なくマントルピースの上の花を同時に振り返った。

百合の花。

二人は無言で顔を見合わせた。

「ねえ——さっきの尚美の話ね。時子さんの遺言状の話。つかさ、あれどう思った？本当に遺言状は存在していると思う？」

「どうかしらね。もしかして、時子さんの嘘だったかもしれないし。でも、尚美が探し回ってたのが本当だとすると、少なくとも尚美は信じていたことになるよね。ということは、とにかく何かの『もの』の存在の話を時子さんがしたことになる。すると、時子さんの妄想が存在したことになる。あたし、変なこと言ってる？　これって正しいかしら？」

「いや、大丈夫なような気がする」

「時子さんが、えい子さんの話してた通り自分の妄想を裏付けようと必死だったとすると、やっぱり手紙書くよね。あたしが時子さんで、さっきの妄想を抱いていてそれを補強しようとするんなら書く。何か『もの』があれば、ますますもっともらしくなるもの」

「ということは」

「手紙は存在する」

二人はちょっとだけ黙りこんだ。再び絵里子が口を開いた。

「尚美はずいぶん家の中を探し回ってたみたいだよね。じゃあ、つかさが尚美に見つからないようにものを隠すとしたら、この家のどこに隠す？」

「むつかしいわね。最終的には見つけてほしいわけでしょう。とすると、一回彼女が探したところか、逆にみんなの目について彼女がなかなか手を出せないところ。そんなところかしら」

「――玄関を入ってすぐのところにある銅版画の裏はどうかしら」

絵里子が真剣な表情でじっとつかさの顔を見た。つかさも口を開けて見返す。

「しょっちゅう目について、人の出入りが激しくてなかなか手を触れられないところね」

「ひょっとして、あの日あの絵を外していたのは時子さんが手紙を入れるため？」

つかさはたちまち部屋を飛び出していった。

どきどきしながら絵里子が待っていると、つかさが額縁を抱えて後ろを振り返りながら戻ってきた。

「どうお？」

「しっかり壁に固定してあったわ。さて、お宝はあるかしら」

二人は声をひそめてテーブルの上に額縁をひっくり返す。

涙形をした銀色の留め金を爪で動かし、絵を入れてある二重になった板を外す。と、古びた灰色の封筒がのぞいていた。

「やったあ」

「シーッ。うわあ、あったよ本当に」

恐る恐る封筒を取り出すと、灰色の封筒は黄ばんでおり、しっかり蠟《ろう》で封印がされていた。裏返すと、確かに『林田尚美様』と書かれている。

「おお。緊張するなあ。どうする、明日開ける？」

「一応遺言だもんね。弁護士の立ち会いが必要かしら？　宛名、尚美だし。それともえい子さんが開けるべき？　でも、見たいよね。発見者あたしたちだし」

「見たい！　見たぁい」

「見ちゃおうか」

「うん。どうせ明日開けるなら今開けても同じじょ」

既にかなり酒が回っていた勢いもあって、二人は頷き合うと、はさみを持ってきて慎重に封筒のはしを切っていった。はさみを持つ絵里子の手がかすかに震えている。

「絵里子、依存症？」

「馬鹿ね、緊張してんのよ。うわあ、どきどきする」

中から四つ折にした薄い上質紙が現れた。透けて万年筆の字が見えている。

「きゃあー」

「信じられない」

二人は小声で悲鳴を上げながら、ゴクリと息を飲みこみ、手紙を開いた。

ぱっと見た瞬間、何が書かれているのかよく分からなかった。中身はほんの数行しかなかったし、筆跡がひどく乱れていたからである。

「なんて書いてあるの」

「ええと」

二人は顔を突き合わせてじっくりとその文章を読んだ。と、同時にギョッとした表情になり、思わず顔を見合わせた。

そこには、二人が思ってもみなかった文章が書かれていたのである。

尚美ちゃんへ

事態は思っていたよりも切迫しています。

あたしに何かあったらあとは計画をよろしくお願い。

きっと、あたしはもうすぐ静子に殺される。

時子

木曜日の朝

翌朝、雨は上がっていたが、相変わらず風が強かった。

『うぐいす館』は眠りこけていた。こぢんまりとした木造の洋館は、早朝の冷たい闇の中でひっそりと休息をとっている。

しかし、よく見ると、小さな嵌《は》め殺しの窓に柔らかなあかりが点《とも》っている。

『うぐいす館』のキッチン。

綾部えい子は朝の儀式をゆっくりと執り行っているところだった。儀式といってもたいしたものではなく、一人用の銀色のポットに自分でブレンドした紅茶の葉をたっぷりと入れて、少しミルクをさした濃い紅茶を、キッチンの小さな木の椅子に腰掛けてその日のスケジュールを考えながらゆったりと飲む。一日の覚醒と助走への時間。

お嬢さんたちが起きてくるまでにはまだ時間があるだろう。

えい子はじんわりと意識に染《し》みてくる紅茶の苦みを娯《たの》しみながら、椅子の上の堂々とした体軀にしては意外なほど華奢《きゃしゃ》な足を組み替えた。色白のぽっちゃりとした顔に埋もれかけた小さな目を覗《のぞ》きこんだとしても、彼女の目には何の表情も浮かんでいないことが見てとれるだろう。

風が館のあちこちにぶつかって窓を揺らす。外の気温は低そうだ。

鍋がコトコトとおいしいものを炊き上げる陽気な音を立てていた。この音を聞いていると心が落ち着く。ゆうべもなかなかいい飲みっぷりだったから、みんな相当酒が残っていることだろう。濃い紅茶と濃いコーヒーをたっぷり用意しよう。カリカリのトースト。出来上がりつつあるクラム・チャウダー。冷たいトマトと玉葱に、温かいヒジキのドレッシングをかけたサラダ。グレープフルーツとキウイ。

意識していなくとも、長年の習慣でメニューがカタカタと頭の中で読み上げられる。料理はいい。こまごまとしていて、身体を動かせて、手の届く範囲にやらなければいいけないことが収まっている。どんなことがあっても、人間は食べなければならない。悲嘆にくれ、挫折を嚙みしめていても、鍋を火に掛けるために立ち上がらなければならないのだ。

えい子は、時子の死が確認された時のことを思い出していた。あの時、まだ彼女には事の大きさがよく飲み込めていなかった。時子の死というものが自分にとってどういうものかが分かっていなかったのだ。あのあまりにも大きな虚脱感の中で、えい子は突然、かきたま汁を作ろう、と思ったことを思い出した。娘たちが呆然と座り込む中で、何か温かいものを作らなければ、と思ったのだ。

ちょっと不愉快なところがあったのは確かだが、ゆうべの告発大会は面白かった。さすがにみんな骨がある。今ごろになって、こんな展開を見せるとは思いもよらなかった。逆に言えば、みな時子の死を把握しきれていなかったのだろう。それほどまでに、時子の存在は——呪縛は——大きかった。

時に辟易《へきえき》することもあるが、やはり物書きという人種は興味が尽きない。特に、この集まりは編集稼業の立場から言っても面白かった。時子と同じ血が流れる娘たちが生み出す文章を、えい子は彼女たちが想像している以上に丹念にチェックしていた。重松家の芸術センスが世代を超えて脈々と受け継がれているのを見るのは楽しかった。

つかさには正統派の文学センスがあり、コツコツ努力して着実に成長している。手抜きをしない手堅い性格だし、遠からず中堅作家の地位を占めるようになるだろう。尚美はいつも思わぬ展開を見せる娘で、そろそろ限界かなと思っていると、突然次のステップに激しくバンと跳ぶ。物書きとしての野心の強さは常にこちらの予想を超えていて、まだまだ大化けしそうだ。静子は即戦力だ。玄人《くろうと》の鑑賞に堪えるという点ではピカ一だし、これからうんと働いてもらわねば。

絵里子は——。時子との血の繋がりはないし、ノンフィクションのライターということでこれまであまり重きをおいていなかったのだが、最近えい子は絵里子に興味を覚えていた。むしろ、血の因縁がないだけに、逆に重松家の影響をダイレクトに受けていると言える。ノンフィクションのライターは、下手をするとフィクションのライターよりも人柄が文章に出やすい。えい子は、今では死に絶えたと言われている私小説が、この分野にシフトしているのではないかと考えていた。ノンフィクションと言いつつも取材対象に自分を投影しているものが増えているし、そういうものに熱狂的なファンが付いているのを見ると、ノンフィクションという肩書に危ういものを覚える時がある。絵里子の飾らぬ文章には選ぶテーマと併せて好感を抱いていたが、最近の文章には、とらえどころのない可能性を感じていた。彼女のノンフィクションには、本人は気付いていないようだが大きなフィクションが内蔵されている。作り話を書いているという意味ではない。何かもっと他に自分で語るべきフィクションを隠し持っているような予感を持たせるのだ。彼女は自分の性格がフィクションよりもノンフィクションに向いていると思い込んでいるのだろうが、多分、絵里子はもともとはフィクションの書き手なのだ。その生来の性質が、重松家に誘発されて今どんどん育ってきているところに違いない。ゆくゆくはそのことを本人に気付かせる手引きをしなければ。えい子はいくばくかの義務感を持って考える。

突然、えい子は目の前にはっきりと絵里子の顔が浮かんでびっくりした。

それも、今浮かんだ絵里子の顔は、昨夜見た絵里子の顔ではない。

あの日の絵里子だ。

なぜだろう？　えい子は動揺しながら考えた。

クラム・チャウダーの鍋がシューッ、と湯気を吹いた。

湯気——あの日も湯気を見た——ポトフの鍋を持って客間に入った時に感じた違和感。何かが違う。何かが紛れ込んでいる。そう思ったはずだ。その違和感とは——

湯気の向こうに、えい子は今はっきりと顔を思い出していた。

どことなく引きつった、奇妙な表情の絵里子の顔を。

木曜日の昼前後

　四人の女たちは、えい子の予想どおり昼近くにぱらぱらと起き出してきた。

　昨夜遅くまで起きていたつかさと絵里子は、最後に続けてよろよろと客間に入ってきて腫《は》れぼったい顔で椅子に腰掛けると、どんよりした目で熱い紅茶をすすっている。

「あーおいしい。生き返るなあ」

　つかさが大袈裟に呟く。

「いいわよねえ、朝起きてこんな優雅な部屋でサッと熱い紅茶が出てくるのって」

　絵里子もしみじみと呟く。

「ねえ、えい子さんここ下宿屋にすれば？　あたしと絵里子が下宿人になるからさ」

　つかさがトーストにマーガリンを塗りながら呟いた。

　サラダを取り分けながらえい子が苦笑する。

「あんたたちが下宿人——苦労しそうだわね。それよりはレストランの女主人の方がよさそうだわ。絵里ちゃん、サラダとクラム・チャウダーもきちんと食べてちょうだいね。あんたったらいつもろくろく食べやしないんだから」

「はーい。あれ、静子さん、何読んでるの」

絵里子は生返事をしながら、既に朝食（昼食？）を終えて雑誌を読んでいた静子の手元を覗きこんだ。同じく食事を済ませた尚美は次の作品の資料を読んでいるらしく、鉛筆を片手に分厚い本を開いて次々と付箋を貼っている。

「あーっ。やだやだ静子さん、ひょっとして」

トーストをくわえたまま、つかさが慌てた。

「そ。つかさの最新作よ」

静子は澄ました顔で雑誌のページを繰っている。つかさがデビューした文学雑誌の最新号らしい。絵里子は静子が広げている本の表紙を見た。杉本つかさ、の名前が印刷されている。彼女は本名で小説を書いているのだ。

「静子さん、次、読ませて」

「もー、ひっどいなあ、みんな。家で読んでよ。なんでわざわざあたしの目の前で読むのよーやめてよー」

つかさはぎゃあぎゃあと無駄な抵抗を続けている。

「うるさいわねえ、今更。プロのくせに」

えい子があきれたように声を上げ、つかさと絵里子の分のフルーツをテーブルに載せると自分も本を広げた。

「でも、確かに嫌よねえ。知ってる人に目の前で自分の書いたもの読まれるのって」

絵里子が同情したように呟いた。それでも、静子からしっかり雑誌を受け取っている。

「いかがでしたか、杉本つかさの最新作」

「よろしいんじゃないんでしょうか。この調子で精進してくれれば時子姉さんも喜ぶと思うわ」

静子の感想に、つかさは安堵したような表情を浮かべた。やはり自分の作品の感想は気になるのだろう。しかも、静子の感想ときては。つかさはむしゃむしゃサラダを食べながら自分に言い聞かせるように呟いた。

「あたしも午後は本読もうっと。泣ける奴持ってきたんだ」

絵里子はちらっとつかさを見た。つかさは気付かないふりをしている。

昨夜遅く、時子が死ぬ間際に書いたと思われるメモを、ひょんな思い付きから見つけ出した二人だが、とりあえずそのメモは今絵里子が持っている。このメモをどうするべきか相談した結果、次のディナーまでは黙っていようということになった。特に深い理由はない。昨夜のディナーがピリピリした心理戦になってしまったので、単に昼間は休みたいと思ったのがその主な理由だった。つかさの今の台詞《せりふ》は、改めてそのことを絵里子に確認したものらしかった。絵里子はコーヒーを注ぐために席を立ちながら、あのメモがみんなの目にさらされる時のことを考えてちょっと憂鬱になった。第二ラウンドも緊迫しそうだなあ。それにしても、あのメモはいったいどう解釈すればいいのだろう?

きっと、あたしはもうすぐ静子に殺される。

メモの乱れた筆跡が脳裏に浮かんだ。

あれも時子の妄想の一部だろうか? でも、昨日の話では、彼女の妄想の対象は主としてえい子に対するものだったはず。静子との間になんらかの軋轢《あつれき》があったという話は聞いたことがない。もっとも、そんなものが存在したからといってあの二人があたしたちごときに感じさせるようなへまはしないだろうけれど。それでなくても、あたしがあの二人に接した時間は他のみんなよりもずっと少ないのだ。

絵里子はカップを手に、再び椅子に身体を沈めた。

木曜日の午後

　午後の時間はゆったりと過ぎた。外の風の強さも、家から出ない大義名分になって心地好いくらいである。さすが本好きの女たちが集まっただけあって、おのおの自分の手の中の本に没頭している。時折お茶を飲みに立ち上がる以外は、ページを繰る作業のみが黙々と続いた。

　もとより、年に一度のこの集まりは、何か大仰なイベントがあるわけでもない。時子が亡くなったのが二月の第二週の木曜日だったことから、毎年その日を挟んで前後合わせて三日間、彼女を偲《しの》ぶ日にしようということになったのだった。命日を挟んだ三日間にしなかったのは、時子が木曜日という曜日を気に入っていたからだ。

　木曜日が好き。大人の時間が流れているから。丁寧に作った焼き菓子の香りがするから。暖かい色のストールを掛けて、お気に入りの本を読みながら黙って椅子にもたれているような安堵を覚えるから。木曜日が好き。週末の楽しみの予感を心の奥に秘めているから。それまでに起きたことも、これから起きることも、全てを知っているような気がするから好き――誰もが折にふれ時子が歌うように呟くのを聞いていたはずだ。そして今も、心のどこかで時子の声が聞こえているはずなのだ――

それでも、三時を過ぎた頃には、誰からともなく一休みしようかという雰囲気になった。

「読んだよ、つかさ。いいじゃない。あたし、このリュウって子気に入っちゃった」

絵里子が煙草に火を点けながら感想を述べた。

「そう？ 実はあたしも気に入ってるのよ、その子。また別の短編に出して、彼の連作にしようと思ってるんだ」

つかさはまんざらでもない様子で答える。

「それにしても――相変わらず意味分かんないわね、この文芸評論家の対談って。あたしも一応現代文学専攻だったんだけどさあ――これって、日本語になってるのかなあ？ これ読んで意味分かるのって――もとい、分かったつもりになれるのって日本に十人くらいしかいないんじゃないの？」

絵里子はパラパラと雑誌をめくりながら呟いた。

「いや、もっといるでしょ、せめて百人くらいは。こういう教養主義的文芸時評オタクってけっこういるのよね。男だけだけど」

つかさが真面目な顔で答える。

「『ヴァレリー的なものが歴史的普遍性を持って安岡的なものを凌駕していると言わざるを得ない』。これってどういう意味？　主語と述語はどれ？　四人で対談してるらしいんだけど、誰も相手の言うこと聞いてないのよね。そもそも、互いに言ってる意味分かってんのかしら？　これだけナントカ的ナントカ的ってのが続いたら、その引用してる内容がそれぞれ解釈違ってるんじゃないのかなあ」

「どうなんだろね。でも、告白するとあたし未だに自分の受賞理由がよく分かんないのよね。何度も選評読んだんだけどさ、あまりにも用語が難しくって。褒《ほ》めてるのかけなしてるのかすらも分からないんだもん。めったに本読まない友達が受賞作読んでくれて、『この歯医者すっごくキモチワルイね』って言ってくれた時の方が、全然嬉しかった」

「そりゃそうだ。ねえ、えい子さんくらいになればこういうの読んで大体分かるようになるの？」

絵里子がえい子の方に話を振った。

「あたしにそれをきくとは」

どうやら二人の話を聞いていたらしいえい子が、顔をしかめてブツブツ文句を言った。

「あたしも聞きたいな」

つかさが絵里子に同調する。えい子は鼻で溜め息をついた。

「ノーコメント。だって、あたしが分からないというわけにはいかないでしょ？」

二人は大きく頷く。

「そうかあ、えい子さんも分からないのかあ」

「なんだか安心したなあ」

「ノーコメントだって言ったでしょ。分からないと言ったわけじゃないわよ」

えい子が慌てて付け加えた。静子がくすくす笑っている。

「静子さん、笑ってる。そうだ、我々の中でも随一の教養を誇る静子さんはどうかしら？　こういうの分かる？」

つかさが椅子の背に手を掛けて静子に向き直る。

「あれれ、今度はあたしにお鉢が回ってきたわけ？　分かるわけないでしょう、あんな難しい話。第一、あれはあの難解で有難そうな言葉の雰囲気を楽しむのが正しいのよ。理解しようなんて思っちゃいけないわ」

静子は愉快そうにさらりと答えた。

「なるほど。それなら納得だわ」

「なんて大人の答なんでしょう」

二人は顔を見合わせる。

「そうだ、きのう尚美ちゃんが買ってきてくれたケーキを食べるの忘れてたわ。『しろたえ』のチーズケーキ。ちょうどいいわ、おやつにしましょう。朝から紅茶ばかり飲んでたから、緑茶にするわね。いいお茶があるのよ」

えい子が思い出したように手を叩《たた》いた。それまで脇目もふらず資料に集中していた尚美が、自分の名前に反応したのかハッと顔を上げた。

「相変わらず尚美の集中力はすごいわね」

つかさが感心したように呟いた。尚美は夢から醒《さ》めたように目の前の冷たくなったコーヒーを一口飲んで首を振る。

「ううん、あたし、人がいるところではいつも集中できないのよ。家にいる時は、仕事場で一人にならないと全然だめ。ダンナが目に見えるところにいたりしたら、一字も書けない。みんな放っておいてくれるんだけど、それでも駄目なの。どうしてかしらね。今日は周りが同業者のせいかしら、すっかり集中できたわ」

つかさが頷いた。

「そういうのってあるよね。小説書くのなんてものすごく個人的な行為で、しかも後ろめたい恥ずかしい行為じゃない？　あたし、明るくハキハキと誰にでも『私作家になりたいんです』って言える人って、どうしても納得できなくてさあ」

「うんうん。羨ましいけどね」

絵里子も頷く。

「尚美、いったい何の資料読んでるの？」

静子が腕組みして立ち上がると、尚美の膝の上の本を見た。

「資料と言うか——昭和史の本なんだけど」

尚美は分厚い真面目そうな本をテーブルに載せた。静子が手に取って見る。

「なあに、次の本は現代じゃないの？」

絵里子が尋ねた。尚美はちょっとためらっていたが、口を開いた。

「まだ全然予定は立ってないんだけど、準備してるのがあるのよ」

「えっ、どういう話？　聞かせて」

つかさが好奇心を見せた。絵里子と静子も、同意するように尚美に視線を向ける。

他人の構想を聞くのは面白い。自分とタイプの違う小説家のものはなおさらだ。温めている構想を内緒にしておきたいという気持ちと、誰かに話したいという気持ちは比例する。尚美はどちらかと言えば秘密主義の方だったが、どうやら話したい気持ちが勝ったようだ。

「まだ話はできてないんだけど、きちんとしたメロドラマをやりたいの」

ためらいながらも意欲をのぞかせて答える。

「メロドラマ？」

つかさが繰り返した。尚美は頷く。

「『君の名は』とかビビアン・リーの『哀愁』みたいな、正統派のメロドラマね。ああいう擦《す》れ違いものを確信犯的にやってみたいのね」

「ふうん。『君の名は』ねえ」

静子はピンとこない様子だ。尚美は饒舌になった。

「そうなの、なんだかメロドラマっていうと安っぽい感じがするけど、TVの昼メロでも馬鹿にしつつもずるずる見ちゃったりするでしょ。あれを小説で上手に、しかもうんと長いのでやりたいのよ」

「大河メロドラマなわけ？」

「そう。ヒロインの娘や孫の代までつながるような」

「連続テレビ小説だね。あれって、最後の一週間で必ず二十年くらいたって、ヒロインの娘が出てくるのよね」

尚美はクスリと笑って分厚い資料を叩いた。

「そんな感じ。でも現代だと、もうメロドラマなんて成立しにくいでしょ？　話をドラマチックにしようとすると、やっぱり戦争がらみにするとか時代を遡《さかのぼ》るしかなくなっちゃうのよ」

「そうだよね。こんな情報社会じゃ擦れ違いそのものが起こりにくくなってるもんね。擦れ違いはメロドラマの基本だからねー」

絵里子が頷いた。彼女は尚美の構想に興味をそそられたようである。

「そう。しかも、今は倫理規範の垣根が低いから、恋の障害もあんまりないでしょ。それじゃあつまらないのよね。やっぱり大きな障害があって、理性と感情との間のよろめきみたいなのがないとメロドラマって楽しくないのよ」

「よろめき、かあ。久しくお目にかかってない言葉だわ。確かに、よくできたメロドラマにはまってみたい気持ちって心のどこかにあるよね。メロドラマってさ、こんなタイミングあるわけないじゃんとか、こんな変な奴いないよとか文句を言いながら続きを見るのが楽しいんだよね。最近見てないなー。一昔前の純文学なんてみんなメロドラマだったのにさ」

　絵里子が小さくため息をつく。

　つかさがフォークを振り回しながら口を開いた。

「今は女が我慢しないからねー。メロドラマ成立しないよ。耐え忍ぶ、これもメロドラマのキーワードでしょうが。男は未だに十年一律ハードボイルドしてるのにね」

「ハードボイルドは男のメロドラマでしょう」

「飽きずに同じ話繰り返すって点では徹底してるよね。あたし、二百字で粗筋説明できるよ。これで、日本で出版されるハードボイルドの帯全部に使えるよ」

「やってみてよ」

　つかさはすうっと息を吸い込み、おもむろに説明し始めた。

「昔大きな組織から足を洗った、一匹狼の男がいます。腕っぷしは強いけどもう暴力は嫌いです。酒や銃や釣りなど、蘊蓄《うんちく》を垂れます。ある日、昔の仲間から昔のよしみで何かを頼まれます。男はもうカタギなので断ります。でも、男の家族や友人が巻き込まれてしまったので、やむにやまれず事件にかかわります。昔の女がでてきます。ドンパチやって事件の黒幕に迫ります。あと一歩というところで昔の女か友人が男を裏切っていたことが分かります。結局みんな死にます。男もいっぱい殺します。虚《むな》しいです。男はまたいつもの生活に戻ります。どうだ。ちょっと字数オーバーしたかな」

「それ、日本だけじゃなくて世界のハードボイルドの帯に使えるね」

「いいねえ。マルC杉本つかさ、で登録したら帯に使う度に使用料が入る」

つかさがクスクス笑った。

「メロドラマ見たいなあ。あざといところすれすれでやってほしいなあ」

絵里子は相変わらずため息をついている。尚美が頷く。

「そうなのよ。一歩間違うとただダサいだけになっちゃうから、やっぱりミステリーを絡めて話を引っ張らないと」

「謎の殺人事件。ヒロインの出生の秘密。秘められた血縁関係。これも定番よね。実は父親だった。実は兄弟だった。なんのかんの言って実は登場人物全員が親戚だったりするんだよねー」

二人は夢中になって喋っている。

「絵里子にメロドラマの趣味があったとは知らなかったわ」

あきれた顔でつかさが呟く。

「日頃シビアな現実を追いかけてるからじゃないの」

静子がつかさに言うと、絵里子が頷いた。

「自分でもそうだと思うわ。日々自分の決めた対象を追いかけてると、やたらと現実が染みてくるんだよね。こういう仕事してると、結局、自分はどうかってところに跳ね返ってきちゃうわけ。普段は平気なんだけど、半年に一度くらいすっごく落ち込むのよ。あたしはなんでこんなつらい思いして取材して文章書いてるんだろうって。こっちは何書くにしてもお願いして書かせてもらう立場だし、こっちから常に積極的に関わっていかないと何も手に入らないからなるべく攻めの気持ちでいようとしてるんだけど、時々気持ちが萎《な》えちゃって、誰かに働きかけるのが億劫になっちゃってさ。だから、自分の楽しみで読むのは徹底的に作りこまれたエンターテインメントがいいな。それでメロドラマも好きなのかもね。舞台の下で安心して見てられるでしょ。テーマやリアリティを追求するのは構わないけど、あたしはエンターテインメント作家に説教なんかしてもらいたくないの。かといって読ませる技術がないのは論外だけどね。はっきり言って、小説家より会社の帰りに本を手に取る読者の方がよっぽど人生苦労してるんだからさ、とにかく読者にはサービスしてほしいよね」

「ふうん。絵里子でも気分が萎えちゃうことあるんだ。あんたいつも淡々としてるから、安定してるのかと思ってたわ」

つかさが意外そうな顔をした。

「あれ、そんなふうに見える？　あたし顔に出てないらしいけど、割と情緒不安定なんだ。しょっちゅう萎えてるよ。それがさ、最近その頻度が高くって困ってるの。ボルテージがどんどん下がってるのを感じるんだ。今追っかけてる連中がクリエイターばっかりだから、彼等のテンションの高さについていくのがつらいっていうのもあるんだけど」

絵里子は溜め息をついた。最近の日本映画には、広告畑や音楽畑から参入したり、いろいろな経緯で撮り始めた若くて有望な映画監督が続々生まれている。世代的にも近い彼等の創作の背景を追ったら面白いだろうと、複数の監督の仕事を何年も追っているのだが、とても興味深い反面、ごっそりエネルギーを持っていかれる仕事なのだった。しかも、今の若い監督は脚本も音楽も、人によっては俳優も、とオールマイティーな人間が多く、自分で自分のことをしっかり語れてしまう。追っていた監督が自分で本を書いてしまったことも何度かあり、わざわざ第三者である絵里子が彼等を書く必然性がどこにあるのだろうかと悩む場面がこのところ立て続けに訪れて、絵里子はかなり煮詰まっていた。

「絵里ちゃんから仕事の話聞くの初めてのような気がする」

尚美が驚いたような顔で呟いた。絵里子が鼻を鳴らす。

「尚美のだって初めてだよ。というよりは、あたしたちが自分の仕事の話すること自体初めてなんじゃない？」

「言われてみればそうかも。世間一般の小説の話はしてたけど、自分のことは話してなかったよね」

つかさがみんなの顔を見回した。

えい子が緑茶の入った湯飲み代わりの蕎麦猪口の載ったお盆を持って戻ってきた。テーブルの上を、蕎麦猪口が送られていく。

お茶の香りがふわりと客間に満ちて、女たちは穏やかな表情でそれぞれ蕎麦猪口を口にした。続いて、ケーキの載った白い皿が現れる。

「ああ、チーズケーキ。あたし、ここに来るといつも必ず太るのよね」

「しょうがないじゃない、食べて飲んで食べて飲んでなんだもの」

「こんな贅沢な食生活、久しぶりだわ」

「全然動いてないのに、どうしてこんなにおいしく食べられるのかしら」

それぞれが昨夜からの自分の飲食の量におののきつつも、ケーキはあっというまにどの皿の上からも消えてゆく。

「おいしかったー。もうだめ、あたしこのままじゃ。ジョギングかなんかしなくっちゃ。これでまた夕飯食べたらトドになっちゃう」

つかさが万歳をした。

「つかさ、駅前のスーパーまで行かない？　あたし、昨日、予定よりも多く煙草吸っちゃってさ。今夜の分を仕入れたいな。お酒も残り少なくて心細いし」

「またあ？　今年も買い出しが必要になったか。皆さん何か他にご入り用のものは？」

絵里子に続いてつかさが立ち上がり、えい子の顔を見た。

「そうね――昨日で用意しといたワインがはけちゃったわ。あのスーパー、ワインの品揃えもいいから適当に選んで買ってきて。あとは、ええと――食パンと、牛乳と、溶けるチーズ買ってきてくれる？」

「ビール党とスピリッツ党のあたしたちにワインを選ばせるのは無謀じゃない？　今夜のディナーがどうなっても知らないわよ」

つかさが脅迫するように静子の顔を見た。ワイン好きの静子は明らかに不安そうな表情になった。

「あたし、行きます。最近ワイン研究中なの」

尚美がさっと手を上げた。

「おお、さすが流行作家。元手がかかっとるわ。頼むぜ」

「行こ行こ。あたし、本屋に寄ってもいい？」

「行ってきまーす」

三人はコートを手に、どやどやと出かけていった。と、つかさが玄関から叫んだ。

「そうだ、ねえ、えい子さん、溶けるチーズって、板の方？　それともピザ用の？」

「ピザ用のをお願い」

「ＯＫ」

えい子が声を張り上げると、つかさの返事と共に玄関のドアが閉まった。

木曜日の夕方

二人きりになると、どちらからともなくふーっという溜め息が漏れた。

「お茶をもう一杯いかが？」

えい子が空《から》になった静子の蕎麦猪口を覗いた。

「いただくわ。これ、すごくいいお茶ね。どうしたの?」

「いただきものよ。里見先生からの」

「まあ、道理で」

えい子がゆったりと身体を起こしてコポコポとお茶を注いだ。

「ありがとう。例によって、えい子さんは席を暖める暇がなくて申し訳ないわね。あたしたち、えい子さんに食べさせてもらうのに慣れっこになっちゃって」

えい子は顔をしかめて小さく手を振った。

「いいのよ、性分だし。自分でやってる方が気が楽なのよ」

二人は静かになって、なんとなく気温も下がってきたような気のする部屋でぼんやりとお茶を啜《すす》っていた。

「今年はなんだか、思ってもみない方向に話が行くわね。充実してると言えば聞こえがいいけど、昨日一日でがっくり疲れたわ。いろいろ初耳の話があったし」

静子が独り言のように呟いた。えい子をチラリと見て、さりげなく続ける。

「――そんなに危機的な状況だったの? あの人」

えい子は頷いた。

「最後の方はね——つらいというよりも、哀《かな》しくってね。時子があんな風になってしまったということが。だから、あの日は本当に驚いたわ。時子が自殺したっていうのが信じられなかった。とても自殺するようには見えなかったし——正直言って、時子から解放されたと思ったのが第一印象だったわ。でも、そのあとで、やっぱり彼女も自分で自分が許せなくなっていたんだなと思って、嬉しいような哀しいような、複雑な気分だったわね」

えい子は蕎麦猪口に向かってぼそぼそと話をした。

「尚美の話、どう思う？」

静子はちょっとだけ乾いた口調でえい子の顔を見た。

えい子はお茶を飲み切った。

「あの当時の時子だったら、やりかねないわね」

「そう——一応、話に信憑性はあるってことね」

「ええ。時子が自殺したってことは、その証拠のように思えるの。尚美ちゃんを巻き込んでまで嘘で固めてたことに、急に嫌気がさしたんじゃないかしら。彼女が緩慢に嘘をついていたら、きっと自殺なんかしなかったと思うの。もし少しずつ自分に嘘をついていたら、徐々に自分の嘘の世界に慣れていっていたと思うのよ。自分の妄想の世界を築こうと短期間に奔走したからこそ、反動がきたのよ」

えい子は淡々と話し続けた。

「なぜかしら」

静子が低く呟いた。えい子が静子の顔を見る。

「なぜ急に、妄想の世界を作ろうとしたのかしら」

「分かってるくせに」

えい子の醒めた口調に、静子はハッとした。二人は一瞬視線をからませた。

その時、やけに大きな音で電話のベルが鳴り始めた。

二人はぎょっとしたように同時に電話に目をやった。

廊下の電話台の上のＦＡＸ兼用の黒い電話が、暗い廊下に音を響かせている。

「誰かしら」

えい子は立ち上がった。

「つかさじゃないの。パンが切れてたとか」

「もしもし」

受話器を取ったえい子が全身をピクリとさせたのが分かった。

静子はえい子の顔を見た。

えい子は青ざめた顔で静子を振り向く。救いを求めるような瞳だ。

静子は怪訝《けげん》そうな顔で立ち上がり、素早く電話に近寄ると、スピーカーのボタンを押した。

ざわざわと流れ出る雑踏の音。

かすかな息の音がした。悪戯《いたずら》電話？　これは女？

「――駄目じゃない。時子さんのことを忘れちゃ――みんながしたことを忘れちゃ――」

うわずった甲高《かんだか》い声だ。どことなく調子っぱずれで、スカスカした息の声。

静子は腕がふわりと暖かくなったような気がした。鳥肌が立っているのだ。

「みんなの罪を思い出して――時子さんがみんなに殺されたことを――」

甲高い声は続く。

えい子が受話器をぐっと握り直した。

「誰？　あなた、誰？　時子のファンなのかしら？」

えい子が努めて平静を装いながら尋ねた。

静子は音量調節のボタンを押して、音を大きくした。

声は黙り込む。スー、スー、という呼吸の音が聞こえる。

静子は必死に耳を澄ました。

公衆電話？　それとも携帯電話だろうか？　屋外なのは間違いない。遠くに聞こえる音はなんだろう？　人の声みたいだが。

「フジシロチヒロ」

歌うような声が聞こえ、ガチャリと唐突に電話は切れた。

二人は信じられないという表情で顔を見合わせる。

えい子と静子は暗い廊下に、身動きもできずに立ち尽くしていた。

木曜日の夜・1

「——ほんと、すっごく波があるよね。作家なんて、いつも自信とコンプレックスとの間を行ったり来たりしてるもんじゃない？　あたしもさあ、気力が弱ってる時って、本屋に入るのが怖いのよ。あの新刊の山。ああ、世の中にはこんなにたくさん小説書いてる人がいて、みんな頑張ってるんだ、毎日世界中のあちこちで傑作や話題作をみんな次々書いてるんだって思うと、圧倒されちゃうのよね——ただいまー。ああ、いい気持ち。外は寒いわよ。でも、いい腹ごなしになったわ。これで今夜の御飯の入る場所ができたわね。あっ、えい子さん、ピザ用のチーズ、小さな袋しかなくて取り敢えず四袋買ってきたんだけど足りるかしら？」

　お喋りをしながら元気よくつかさが客間に入ってきた。

「なんだかおいしそうだったからアイスクリーム買っちゃった。冬に食べるアイスクリームっていいのよね。抹茶と、チョコと、バニラにしてみたんだけど。あっ、ねえねえ、これお皿に三色ずつ盛り付けようよ。豪華じゃない？」

「静子さん、いいワインがあったのよ。あそこのご主人、すごく詳しいわ。すっかり話しこんじゃった」

　外の冷気を運んできた三人が、わいわいと食料や酒をビニール袋から取り出して、テーブルにごつごつと並べていく。

「あのスーパー、並べ方うまいよね。缶詰とかお惣菜とか、どんどん買っちゃう。これ、お肉売場の自家製レバーパテ、おいしそうでしょ？　バゲットに塗って深夜のおつまみにしようよ」

「これ、ちょっと焼いた方がうまいよ、香ばしくなって」

「ピクルス刻んで混ぜてみようかな」

絵里子がニコニコしながら瓶詰を取り出すと、他の二人が茶々を入れる。その屈託のない表情を、食事の支度をしながらもえい子と静子はじっと奇妙な目付きで見守っていた。

「――どうしたの、二人とも怖い顔しちゃって」

つかさが二人の表情に気付いて、慌てて謝った。

「ごめんごめん、戻ってくるの遅くなっちゃってさ。すぐ手伝うからね。絵里子がいつも吸ってる煙草が切れてて、遠くの自動販売機まで探しにいってたの」

「ごめんなさい」

「あたしもワインの話に夢中になっちゃって」

他の二人も続けて頭を下げる。

えい子と静子は当惑したように顔を見合わせた。

一瞬の間があって、静子がおもむろに口を開いた。

「違うのよ。実は、ちょっと前に『フジシロチヒロ』と名乗る女から電話が掛かってきたの」

「えっ」

三人は凍りついたように息を飲み込んだ。おどおどと互いの顔を見る。

「なんて言ってきたの」

つかさが堅い表情で尋ねる。

「あのカードと同じよ。みんなの罪を忘れるな。時子さんはみんなに殺された。これだけ言って一方的に切られたわ」

静子が低い声で答えた。

部屋は静まり返り、心なしか照明が暗くなったように感じられる。

「どんな女だった？」

尚美が小声で尋ねた。静子は肩をすくめる。

「よく分からなかったわ――作り声だったし、喋ったのはほんの少しだったし。外だったのは確かかね」

静子はふうっと溜め息をつくと、観念したように三人をぐるっと見回した。

大儀そうに重々しく口を開く。

「あんたたち、三人でずっと一緒にいた？」

三人はきょとんとした顔になったが、その質問の意図するところに最初に思い当たったのはつかさだった。みるみるうちに顔が紅潮してゆく。

「ねっ――ねえ、まさか、あたしたちの一人が電話を掛けたと思ってるの？」

「そんなっ」

他の二人もぎょっとしたような顔になった。互いの顔を慌てたように見合わせる。

「どうしてそんなことしなきゃならないのよ。あたしたちの中にフジシロチヒロを名乗る嘘つきがいるってこと？」

つかさは心外だという声で叫んだ。静子が顔をしかめる。

「ほとんど一緒にいたわよ――本屋とか、煙草屋とか、食品売場とか、バラバラになった時間もあったけど、わいわい歩いてたんだもの。誰かが電話掛けてれば気付いたと思うわ。ねえ？」

つかさが他の二人をすごい剣幕で睨みつけた。二人は大きく頷いた。が、尚美がハッとしたような顔になった。

「ねえ、ひょっとして、そのフジシロチヒロはこの家の近くにいるんじゃないの？外であたしたちが出ていくのをどこからか見てたのかもしれないわ」

尚美はそう言いながら気味が悪くなったらしく、真っ青になって玄関を振り返った。

「やだ、怖いわ。見られてたのかしら？」

絵里子の腕をつかむ。

「そんな、電話が掛かってきた時にあたしたちがいなかったからって疑うわけ？　偶然かもしれないじゃないの。たまたまあたしたちがいない時間に掛けてきた、それだけじゃない？」

つかさが大声で続ける。

静子は苦い表情でじっと三人を見ていたが、やがて再び口を開いた。

「あたしもそう思いたいわ。でも、残念ながらそうは思えないのよ。えい子さんが電話を取って、あたしがスピーカーのボタンを押して、受話器の向こうの音を聞いたの。あたしは確かに聞いたのよ、遠くの方で、電車が走っていたわ。受話器の向こうに聞こえたのよ——あんたたちが出かけていったスーパーの近くにある駅の名前をアナウンスする声がね」

客間はしんと静まり返った。

静子の台詞が、目に見えない楔《くさび》を打ち込んだかのようだった。

重たい沈黙が、たちまち部屋いっぱいになる。

「——誰なの？」

もう一度、静子が低い声で尋ねた。

答える者はない。動く者も。

静子はゆっくりと身体を起こした。

「つかさ、あんた携帯電話持ってたわね。あたしに見せてくれない?」

名前を呼ばれたつかさはびくっとしたように静子の顔を見た。が、すぐに納得したようにバッグから電話を取り出して、つっけんどんに静子に差し出す。

「リダイヤル機能で最後に電話した番号を見ようっていうのね。あたしが最後に電話したのは昨日の朝よ。川崎の友達だわ」

つかさは挑戦するように呟いた。

静子は無表情に電話のボタンを押す。番号を一瞥《いちべつ》すると、すぐにつかさに返して寄越した。

次に、物言いたげに尚美の顔を見る。尚美も静子を見返した。

「あたし、ここには携帯電話持ってきてないわ。この会を誰かに邪魔されるのは嫌だったのよ。なんだったらうちに電話してもらっても結構よ。あたしの仕事場の机の上に載ってるはずだから、うちの誰かに見てもらって下さいな」

きっぱりと言い切る。

静子は興味を失ったように小さく頷いた。ちょっとの間俯《うつむ》いていたが、やがて顔を上げて、ピタリと絵里子に視線を向けた。

「絵里子のは？」

絵里子は、さっきからずっと黙りこんでいた。青ざめた顔をして、じっと立っている。不自然な沈黙が続いた。

「――あたしも家に忘れてきたわ」

静子の視線に耐え切れなくなったのか、ようやくボソリと呟く。

「嘘おっしゃい。あたし、見たわ。昨日、あんたが四年前のみんなの行動表をバッグから取り出した時に、携帯電話のストラップが飛び出してるのを。あんたのお気に入りのピングーがくっついてる奴よ」

静子は疲れたような声で腕組みをした。

絵里子は何も言わない。

つかさが驚いたように絵里子の顔を見る。

「絵里子」

みんなも絵里子の顔を注目する。

絵里子は黙りこんでいる。

青ざめた肌。一文字に閉じられた唇。その虚《うつ》ろな瞳は、彼女の斜め下にある、テーブルの上のレバーパテの瓶詰を見つめ続けている。

木曜日の夜・2

「——分かったわ、順番に話す」

青ざめた顔の絵里子は、ふうっと大きく溜め息をついた。

「順番に？」

静子が怪訝《けげん》そうに眉を上げた。

「そう。ちょっと一言では説明できないから」

「説明できない？」

今度はつかさが突っ込む。

「夕飯にしましょ。どうやらこれが第二ラウンドの始まりらしいし」

絵里子は両手を広げると、みんなを追い立てるように動かした。他の四人は腑《ふ》に落ちない顔をしながらも、しぶしぶコートを脱いだり、皿を並べたりして、無言で動きだした。

絵里子は腕組みをしてどすんと椅子に腰掛けた。みんなが遠巻きに彼女の表情を見ているが、声を掛ける者はない。

静子は尚美から受け取ったワインを開けながら、初めて見るような目で絵里子の表情をうかがっていた。

絵里子の表情は読めないが、少し前まで見せていた凍ったような堅さはもうない。いつもの彼女らしい、飾り気のない落ち着いた横顔。

「ま、ゆっくり聞かせてもらいましょう。夜は長いわ」

静子は挑発するように自分のグラスにワインを注いだ。

「別に電話を掛けたのがあたしだとは言ってないわよ」

絵里子はそう呟《つぶや》くと、ごそごそと新しい煙草を取り出して封を切った。

「じゃあ誰が掛けたのよ」

恨みがましい目付きでつかさがどすんと絵里子の隣に座った。絵里子と親しかっただけに、裏切られたような気分なのだろう。その顔には不満がくすぶっている。絵里子は取り合わずに火を点《つ》けた。

「順番に話すってば」

その目は既に、頭の中で話を組み立てているように見えた。静子はつかさをなだめるように、彼女のグラスにワインを注ぐ。

「今夜も盛り上がりそうですこと」

つかさは不貞腐《ふてくさ》れた顔でワインを飲んだ。

尚美がオードブルの皿を持って入ってきた。大きな土鍋《どなべ》を持ったえい子がそれに続く。

「今日は鯛すき鍋よ」

えい子が厳《おごそ》かに宣言し、女たちはそれにつきあって感嘆の声を上げてみせる。しかし、こういう宙ぶらりんの状況とあっては、声にも力が入らなかった。

これはずいぶん予想外の展開だ、と静子はオードブルを皿に取り分けながら考えた。みんなそれぞれに飲み物を用意し、ぼそぼそと会話を交わしながら、なんとなく夕食が始まった。みんなが絵里子の話し始めるのを待っていたが、当の絵里子は落ち着き払って煙草を吸っている。

何かをいっしんに考えているこの子は綺麗だわ。静子はぼんやりとそう思った。

この子には、どこか羨ましいところがある。あたしにはどうしても手に入れられないものがある。本質的なところで、間違いのないものを持っているような気がするのだ。あたしたちが迂回し、道に迷っている間に、難なくストレートに目的地に辿《たど》り着いてしまう、というような。

静子は、自分が男だったらこの子を好きになるだろうな、と何となく思った。つかさや尚美も美人だしそれぞれチャーミングなところはあるが、惹《ひ》かれるとすれば絵里子だろう。つかさも尚美も、良きにつけ悪《あし》きにつけ重松家的なものを背負っている。自分もその血を受け継ぎ、重松家的なものを売りにして生活の糧を得ているのだが、本来は絵里子に似たところが自分の本質であると気付いていたのだ。

静子は興味深い目で絵里子を改めて観察する。

ムースも何もつけていないサラサラなストレートヘア、化粧っ気のない顔、いつもジーンズに男ものセーターというスレンダーな身体。静子はことさら偽悪的に男性と同じ格好をして女っぽくないことを強調する女は嫌いだが、絵里子のそれはさらっと本人に馴染んでいて嫌ではなかった。この子にはそれが似合っていて、しかも美しく見せる。

昨日、家の前の神社で煙草を吸っていた絵里子を思い出す。今と同じような表情で、ぽつんと座っていた絵里子。名前を呼んだ時のぎょっとした顔。あの時彼女は何を考えていたのだろう。自分がこれから始める計画のことでも考えていたのだろうか——それが何の計画なのかはよく分からないが。

入ってしまえば楽しいんだけど、入るまでが抵抗あるのよね、あの家。

彼女はそう言った。いつもの淡々とした口ぶりで。あれにも何か深い意味があったのだろうか。もっとも、その言葉に静子が共感したのも事実だ。時子の城である『うぐいす館』と、そこに集う血縁関係にある創作稼業の女たち。気の置けない毒舌の応酬、お酒とご馳走、柔らかいベッド。楽しみであるのと同時に、げんなりさせられてしまうところもある。それもこれも、やはりみんなが引きずっている時子の影のせいなのだ。時子の存在がいかに大きかったか。深い感慨と、かすかな疲労とともに、実感させられる。特に何のメリットがあるわけでもないのに、いつでもやめられるのに、未だにこうして毎年集まり続けているのも、彼女の死後四年経って今なお、自分たちが彼女の支配下にあることを思い知らされる。

煙草を吸い終えた絵里子が、灰皿にぎゅっと吸殻を押しつけ、すっと立ち上がった。

みんなが絵里子に注目する。

絵里子はキッチンで冷蔵庫を開け、缶ビールを取り出して戻ってきた。

「乾杯しましょ」

みんながきょとんとして、顔を見合わせる。絵里子は構わずにプルタブを引いて缶ビールを高く掲げた。真面目くさった顔で呟く。

「木曜日の夜に。重松時子の亡霊に悩める女たちに」

「嫌味だわね」

「ごもっともだけど」

釈然としない表情ながらも、みんながグラスを合わせた。絵里子はさっさと席に着く。

黙々と鯛すき鍋をつつき、数分が経過した。つかさが待ち兼ねたような顔で絵里子を見、続いて静子を見た。静子はかすかに肩をすくめる。つかさが思い余ったように口を開いた瞬間、それを遮るように絵里子が話し始めた。

「ご存じの通り、えい子さんは別として、あたしは時子さんと血の繋がりはない」

その醒《さ》めた口調に、他の四人はなんとなくしんとした。

絵里子はグビリと缶からビールを飲んだ。

「あたしが時子さんに接したのは三年足らず——とは言っても、年に数回話をする程度で、実質的にはのべ数日間のおつきあいってところかな」

絵里子は自分に話しているようだった。目は遠い場所を見ている。

「まあ、間に静子さんという大きな接着剤はあったものの、時子さんを前にすると、いつも部外者であるような気がさせられたのも事実だよね。それをどうこう言うわけじゃないの。かえって外側から観察できて面白かったし」

　みんなが箸《はし》を置いて話に聞き入っている。

「あのひと――時子さんて、極彩色の月のような人だったわねえ。決して太陽じゃない。そういう陽性のものじゃなかった。耽美《たんび》的で、幻想的なものを限り無く愛した人だしね。だけど、すごい引力があった。それも、どちらかと言えば負の引力。世の中に背を向けた世界の住人なんだけど、そのくせ、エネルギッシュで華やかで、饒舌で。あんな人めったにいないよね。さらに、時子さんの周りにいる人たちも、てんでばらばらに見えて、やはり時子さんと同じ世界に住んでいて面白かった」

「それってあたしたちのこと？」

　つかさが尋ねた。絵里子はこくりと頷《うなず》く。

「あたしは、正直言って、つかさたちみたいな時子さんのファンじゃない。時子さんの小説を凄いと思うけど、心の底から共感したりのめりこんだりはできない。でも、心のどこかでは憧れていた。自分もああいう世界を理解したいと思ってたようなのね。あたし、時子さんがあんなふうに突然この世を去ってしまってから、そのことに気が付いた。それがここ数年、毎年みんなで集まる度に形を取ってきて、時子さんの本をもう一度まとめて読んだり、あの日のことを繰り返し再現しようとしたりしてみた。

それでまあ、あたしの他に静子さんとかえい子さんとか、書くべき人はいくらでもいると思うけど、あたしなりに時子さんと時子さんを巡る人達について、ノンフィクションともエッセイともつかない私的なものを書いているの」

みんなの間に電流のようなものが走るのが分かった。

やっぱり言いたくなかったな。

表面では平静を装っていたものの、絵里子は心の中で舌打ちしていた。自分たちのことが書かれていると思えば、これからの態度も変わってきてしまうだろうし、尚美の目に、その手があったか、という表情が浮かぶのを見てはなおさらだ。重松時子の思い出。ここにいる誰もが書けた。かえって近くにいすぎただけに、思い付かなかったのだろう。まだ生々しい記憶なだけに、もう少し時間が経ってからと考えていたのかもしれない。あまりにも存在が大きすぎて、ずっとそばにいたえい子ですらも時子について書こうとは思っていなかったらしい。もっとも、えい子には書きたくない他の理由があったようだが。

「ねえ、絵里ちゃん。それ、今度是非読ませてちょうだい」

えい子が興奮を抑えながらも熱っぽい口調で呟いた。絵里子は苦笑する。

「あのね、正直言ってえい子さんの商売になるような代物じゃないのよ。本当に個人的な、自分のために書いているようなものだから」

「だからこそいいのよ。ね、約束よ」

えい子が有無を言わせぬ言葉で押し切る。絵里子は困った顔になった。あれを書いていることを、ここで公表するはめになるとは夢にも思っていなかったのだ。そもそも、電話の件を見破られるとは思っていなかったのだから。やはり静子は侮れない。どうしよう。構成も視点も一貫性のない、評伝とも私小説とも呼べないあれを、えい子に読ませることを考えると冷や汗が出る。が、えい子は絶対それを手に入れるだろう。それとも、さっさと読ませてあきらめさせるべきか。

「それで？」

つかさは話の続きの方が気に掛かるようだ。

「それで、時子さんの小説をずっと読み返してみて、いろいろ気になった部分があるのよね——特に最後の数年のものが。それで、ちょっと『押して』みることにしたの」

絵里子は言いにくそうに呟いた。

「『押す』？」

みんなが口を揃えて繰り返した。絵里子は目を閉じて頷き、ふうっと息を吸い込んで小さく溜め息をついた。

「つまりですね」

絵里子はがりがりと頭を掻く。

「あたしの友達に、筋金入りの重松時子ファンがいるわけ。大学時代の友人なんだけど、劇団率いて重松時子の作品のオマージュとかもやってるの。けっこう悪乗りしやすい女でね」

「なんかイヤーな予感がしてきたわ」

つかさがワインを呷《あお》りながら口を挟む。

「ま、ここまで言えば大体見当はつくでしょうけど。その子に『フジシロチヒロ』役をお願いしたのよ。彼女、なりきっちゃってさ。『フジシロチヒロ』名で花を贈ってくれとは頼んだけど、あんなメッセージカードまで付けてくるとは。本当に別の『フジシロチヒロ』が現れたのかと、思わずあたしまでゾッとしたわ」

「あんた、あの時本当に驚いてたもんね」

「それでまあ、昨夜の意外な展開がいろいろあってですね。おまけにあんなものまで発見しちゃったわけでしょ」

つかさと絵里子は一瞬共犯者の目付きで顔を見合わせた。えい子はそれを見逃さない。

「あんなもの？」

「まあ、その」

言い淀むつかさを遮り、絵里子は続ける。

「だから、今日はもう一押ししてみようと思ったわけ。彼女、実はこの近くに住んでてさ。前から『うぐいす館』が時子さんの家だと知ってたらしいの。あの黒の花瓶も、ここ出窓があるでしょ、外から何度か見掛けてて知ってたみたい。あたしの携帯電話を見せたくなかったのは、直前の番号を掛けると彼女の携帯電話に繋がるからよ。はっきり言ってあんまり用心深い女じゃないんで、何か余計なことを口走られたら困ると思って。弁明は以上」

肩すかしをくらったような表情がテーブルを囲んだ。

「なんで『フジシロチヒロ』なの？」

尚美が素朴な疑問を投げ掛けた。

絵里子は、鍋から壬生菜《みぶな》と油揚げを取り分けながら尚美をチラッと見た。

「尚美、『蝶の棲む家』の粗筋は？」

「え」

尚美は面くらったように瞬きをする。

「粗筋ったって、特に筋らしい筋はないのよね。旧家の姉妹の幼児期からの確執を華麗なタッチで描くっていう話だから——」

「じゃあ、その前の作品の『神の林檎の行方』は？」

「ヒロインが、腹違いの弟を迷宮のような町で捜す話だわ」

「その前の『雨の庭』は？」

「避暑地で十代の兄弟が、拾ってきた女の子を自分勝手に育てる話ね」

すらすらと要約してみせる尚美に、絵里子は頷いた。

「——気付かない？　どれもみな、きょうだいに殺されるか、もしくは何か危害を加えられるという暗示で終わってる話でしょう」

絵里子がほのめかすように呟くと、尚美がハッとしたように口に手を当てた。

「時子さんが、もともと『血』の繋がりをテーマにしたものが多かったのはよく知られてる話よね。でも、どちらかと言えば前は親子関係が主だったのに、最後の数年はきょうだい関係にシフトしてきてる。しかも、血の繋がったきょうだいに殺されるというモチーフが繰り返し出てきてる。だから、あたしびっくりしたわ。昨日静子さんがいきなり『あたしが殺した』なんて言い出した時は」

静子がぎょっとしたような顔になる。

「何よ、絵里子、あんた最初からあたしを疑ってたわけ？　あたしが時子姉さんを殺したかもしれないって？」

「まあまあ、そんなことは言ってないでしょうが。ただ、時子さんの晩年に、静子さんとの間に何かがあったのかなあって思ったんだ」

絵里子はなだめるように小さく手を振った。

「特に最後の『蝶の棲む家』はそのものズバリ、姉が妹に殺される話だしね。どうしてだろうって思ってた。だから、静子さんに焦点を絞って『押して』みようと思ったの。昨日の話を聞いてると、時子さんが何らかの妄想を育ててたらしいし」

静子は大きく溜め息をついた。

「あんた、そんな平然とした顔して、そういうことを考えてたなんて」

「恐るべし、ノンフィクション作家」

「こわー」

みんなが口々に文句を言う。絵里子は醒めた声で笑った。

「ごめんなさい。結果として騙《だま》すことになったのは謝るわ。みんなが不愉快な思いをすることになったのもね。でも、後悔はしてないわよ。みんなでニコニコしつつ腹に一物抱えてる状況には我慢しきれなくなってたし、今年やらなくてもいつか他の手段を使って何か行動を起こしてたと思う。それにしても、今年こんなにいろいろ『重松時子秘話』が出てくるとは予想外だったなあ」

　絵里子はぐるりとみんなの顔を見回した。みんなは絵里子に嵌《は》められたことにまだ腹を立てていたが、結果としてこの成り行きを歓迎していることは確かだったし、そのことを渋々認めてもいた。絵里子の率直な説明を聞いて腑に落ちたのか、やがてどことなくすっきりした表情になると、くだけた調子で鍋をつつき始めた。

「ねえ、ちょっと、話は終わってないわよ。あたしは忘れてないわよ、さっきあんたたちが顔見合わせたこと。『あんなものまで発見しちゃった』って、なんのこと?」

　えい子がつかさを睨《にら》み付けた。つかさはぎくりとする。

「えっと、それはその」

　つかさはどぎまぎしつつ絵里子の顔を見た。

　絵里子はバッグから昨夜見つけた封筒を取り出してスッとテーブルの上に出した。

　尚美がハッとした。自分の宛名を見て、それが何なのかすぐに気が付いたようである。

「これ――これ、いったいどこにあったの?」

「ごめん、尚美、あたしたち中を読んじゃったわ」

絵里子はそう頭を下げてから、昨夜の二人のやりとり――つかさの記憶に始まった二人の推理から、時子の手紙を額縁の中から見つけるに至ったいきさつまで――を説明した。

尚美が手紙を読み、当惑した表情で絵里子を見る。絵里子は無表情に尚美を見返した。手紙はえい子に回され、さらに静子の手に渡った。

静子は落ち着いた目で時子の文章を読んだ。

「なるほど」

静子は手紙を畳むと、じっとテーブルの上を見つめた。

女たちはその表情を見守っている。

静子の目は何かを考えていた。言葉を探しているようだ。

「あの時は何も考えずに口走ったんだけど――改めて言うべきかもね。『あたしが時子姉さんを殺した』って」

静子の鋭い目がマントルピースの上のカサブランカを見据《す》える。

この人は敵に回したくないな。絵里子は静子の視線にちょっと気圧《けお》されながら思った。静子は大人だから、自分の敵や気に食わない人物に意地悪をしたり露骨な態度を取ることはない。彼女は、そんな無駄なエネルギーは使わない。そういう相手を自分の世界からスパッと遮断することができるのだ。自分とは合わない、この人とは関わりたくない、そう思った瞬間に全てを切り捨ててしまう。絵里子は何度かその瞬間を目撃したことがあるが、願わくば自分がそんな目に遭うことはありませんように、と胸の前で十字を切りたくなるほどシビアなものだった。静子は今、何かを考えている。それも、時子のことではない。他の何かに気を取られているのだ。時子の死に対してみんなの疑惑の視線を浴びているというのに、いったい何に気を取られているのだろう？

「あたしは、時子姉さんを追い詰めていたと思うわ」

静子はカサブランカを見つめたままポツリと呟いた。

尚美が静子のグラスにワインを注ぐ。

「あたし、あの人は天才だと思っていた。みんなもそう思ってたと思うけど、あたしは実感として子供の頃から知っていた」

静子は独白のように話し続けた。

「最初からモノが違うんだと。最初から全てを持っているんだと。あたしがどんなに努力したってかなわないんだと、知ってたわ。彼女もそのことを知ってたしね。だから、まあ思春期には、それなりに悩んだわね。崇拝したり、妬《ねた》んだり、拒絶したり。でも、ゆるぎなかったのは彼女が天才だという確信」

静子はチラチラとカサブランカを見る。

なぜだろう。さっきから、静子はあの花に気を取られているように見える。絵里子はそのことが気になったが、理由は見当がつかなかった。

「その彼女が失速し始めていることに、あたしは真っ先に気付いたわ。彼女が書けなくなってきている――あたしが信じていた、天才のはずの彼女が。それどころか、誰かが手を加えることを許したり、自分の書けないことを認めようとしなくなってきている。愕然としたわね。ショックだったのと同時に、ものすごい怒りを感じたわ」

静子の目がちらっと揺らいだような気がした。静子の怒り。考えるだに恐ろしい。

「ね、あんたたちだって分かるでしょう。まだあんたたちは若いからいいけれど、あいう大御所になってしまうと、誰も本当のことを言ってくれなくなる。誰も面と向かって批判できなくなる。会う人会う人がおいしいお追従しか聞かせてくれなくなる。仕事をしようとする相手は敏感だから、聞く耳のある相手かどうかすぐに嗅ぎ分けるわ。こいつは聞かないなと思えば、何も言わなくなる。ただでさえ狭い世界にいた時子姉さんは、たちまち自分を守る妄想の城を築き始めた。あたしはそのことがとてもじゃないけど我慢できなかったのよ。よりによってあのひとが。みんなも知ってると思うけど、あの人の読み手としての力量は相当なものだったわ。ああいうペダンティックな小説を書いてたからみんな誤解しがちだけど、本人はとても論理的な人だったしね。天才肌ではあったけど、自分の小説だってとてもシビアに推敲《すいこう》を重ねた人なのよ。その、自分のシビアな批評眼とうるさい好みを誰よりも信じていたあのひとが。あんなみっともない、ぶざまな自分に気付かないなんて」

静子の声の抑えた迫力に、みんなは固唾《かたず》を飲んで話に聞き入っている。

「それで？」

つかさがかすれた声で尋ねた。

「最初は真正面から批評したわ。時子姉さんは、あたしのことは信用していたから、あたしの言葉を聞く耳を持っているかどうか確かめようと思って」

静子は淡々と話を続け、ちょっと間を置くと、その時のことを思い出したかのように、左右にゆるゆると首を振った。

「――駄目だったわ。既に彼女は自分の築いた妄想の城に閉じ籠《こも》っていたの。あたし、激怒したわ。あんなに怒ったのって、以前はいつだったか思い出せないくらい」

静子の目に、氷のような怒りが冷たく浮かんでいた。

みんなが思わず絶句してしまったので、テーブルの上に気まずい空白ができた。湯気を上げている大きな土鍋の中の壬生菜が、やけに鮮やかで目にしみる。

静子は小さく笑った。

「やだ、みんなして固まらないでよ。飲んで、食べてくれる？　話しづらいわ」

自らオードブルを皿に取り、ワインを飲む。みんなもつられたように酒を飲み、食べた。しかし、耳は静子の話の続きを待っている。

「そんなことで引き下がるあたしじゃないわ。こうなったら、絶対に彼女の妄想の城を突き崩してやろうと思ったわ」

静子はワイングラスの中をのぞきこみながら独り言のように呟いた。

「どうやって？」

尚美が、思わず口からこぼれたという感じで尋ねた。

静子は自嘲するように唇を歪《ゆが》めた。

「時子姉さんを主人公にした小説を書いて定期的に送りつけたのよ」

みんながぎょっとした顔で背筋を伸ばした。

「ひょっとしてそれって——」

絵里子が呟く。静子は目を閉じて頷いた。

「そう。いかに時子姉さんがみっともない状態にあるか、ことこまかに描写したの。彼女の心理状態も綿密にね」

「ちっとも知らなかったわ」

えい子があきれたような顔で低く呟いた。

「きっと、読んで捨てていたからね。多分読んだのは最初の一度だけだと思う。次からは封も切らずに捨てていたらしいから。でも、あたしは執拗《しつよう》に送り続けたの。今思うと、後半のほとんどは自分の怒りを鎮めるために書いてたんじゃないかしら」

静子はかすかに自己嫌悪の色をのぞかせたが、乱暴に前髪を掻きあげることで、それを振り切ったように見えた。

「こわー。怖いわあ、それって。でも読みたい。それ、読ませてくれないの？」

つかさが青ざめた、しかし好奇心いっぱいの顔で乗り出した。静子は苦笑いしながら首を振る。

「駄目。もう処分したわ。あれは、時子姉さんだけが読むための小説なの。ああ嫌だ、なんだか、話してて気分が滅入ってきたわ。あたしってものすごく残酷な女ね。我ながらゾッとするわ、あの小説を書いてた時のことを思い出すと。でも、やめられなかった。それくらい怒っていたのよ、これまであたしが信じてきたことや羨んできたこと全てを否定されたような気がして。今となっては馬鹿なことをしたと思うけどね。

けれど、時子姉さんも、無視しながらもあたしからの重圧を感じていたということね――さっきの絵里子の指摘を考えれば。となると、やっぱり姉さんを殺したのはあたし、ということになるみたいね」

さぞかし辛辣《しんらつ》で研ぎ澄まされた文章だったのだろう。

絵里子は、静子に自分の姿をリアルに描写された小説を送り付けられたところを想像して、思わず心が寒くなるのを感じた。時子だって、相当な衝撃を受けたに違いない。時子を知り尽くした、聡明で洞察力に優れた女の描写なのだ。

きっと、あたしはもうすぐ静子に殺される。

時子の乱れた筆跡が目に浮かんだ。

怖い――怖いだろう、静子に正面から挑まれたら。時子がきょうだいに対する強迫観念に囚《とら》われていたのも無理はない。同じことをあたしがされたら耐えられたかどうか。

「――証拠はないわね」

尚美がポツリと呟いた。みんなが尚美を見る。

「結局、また堂々巡りだわ。静子さんが送ったという小説、時子さんを追い詰めたという小説は誰も見ていないし、存在していないのと同じだわ。静子さんのせいだという証拠もないでしょ」

「あら」

なぜかむきになる尚美を、静子が面白そうな目で見た。

「昨日のお返しかしら？　確かに、これもまたあたしの妄想なのかもしれないわよね。なにしろ、あたしたちは夢見がちな人間揃いなんだから」

えい子が大きく溜め息をついた。

「全く、あんたたちときたら。頼むから、何でも処分する前にあたしに読ませてちょうだいよ」

その口振りが切実だったので、つかさが思わずくすっと笑った。

「そりゃあね。あたしたちはモノ書きだからさ。何をするにも結局書くことでしか気持ちを昇華させることができないのよね」

「やれやれ、ほんとに因果な商売だ」

「編集者のあなたもね」

この夜初めて、ホッとしたような笑いが漏れた。

「満足した？　絵里子」

皮肉な目付きで静子が尋ねる。絵里子は肩をすくめた。

「ええ、じゅうぶんに。おのれの未熟さを思い知りました」

静子がクックッと低く笑った。

実は、静子の作り話だったのだろうか？

絵里子は静子の顔を見ながら考えていた。今の話が本当だとしても、嘘だとしても、いずれにしろ彼女は一枚も二枚もあたしたちの上手《うわて》であり、あたしは負けたのだ。

木曜日の夜・3

「ねえねえ、あたし、最近新たな法則を発見したんだ」

静子の話が終わってくだけた宴会になだれこんでからというもの、一気に酔いが回ったようだった。みんなとろんとした目付きで、自然と話は下世話な方向に行く。

「なあに。なんの法則？」

尚美が尋ねると、横から絵里子が口を挟んだ。

「男でしょ。つかさの法則、結構当たってるのよね」

「あたし、先週お見合いしたんだけどさあ」

「えっ、またぁ？　つかさのお母さんも懲《こ》りないわね」

「うん。今となっては年中行事の一つだからさ」

「いいわねえ、まだ話があるなんて。うちなんかとっくにあきらめてるわよ」

「絵里子は信雄さんがいるからでしょ」

「終わってるって」

「嘘、いつもそういう割には続いてるじゃないの」

「からむなよ」

「で、お相手は？」

既にお茶に移行しているえい子が、緑茶をすすりながら尋ねた。

「某有名損害保険会社、本社商品開発部課長。三十六歳」

「ふんふん、いいじゃない。手堅いねえ。そういう堅い男をつかさに持ってくる相手も勇気あるねえ」

「棘《とげ》があるわね、今の台詞《せりふ》」

「だってさあ、相手はつかさだよ。つかさを嫁に貰おうって男にそんな超保守を持ってくるってのは、最初からやる気ないんじゃないの、その仲介者」

「あら、あたし、つかさは保守だと思うわよ」

静子が口を挟んだ。つかさが大きく頷く。

「そうよそうよ。歯科技工士にして純文学作家。こんなに堅い女がどこにいるのよ」

「堅い――ねえ。確かにそう聞くと、真面目に人生を生きる女みたいよね」

「で、どうだったの？」

尚美はそっちの方が気になるようだ。つかさはジンのグラスを揺らしながらちょっと考えた。

「意外と見た目はマトモだった。スーツの趣味も良かったし、こざっぱりしてるし、頭良さそうだし」

「へえ」

「でもさあ、逆にくだけすぎてるっていうか、妙に口当たりのいいこと言うのよね。家事もちゃんとやるし、料理も得意だって言うの。働く独身女性のツボを心得てる感じ。『アエラ』とか熟読してそうなタイプ」

「その人、一人暮らし？」

「ううん、自宅」

「そいつは怪しいな」

「大手損保なんて給料いいし女の子うじゃうじゃいるし、見た目マトモで家事もやるって言ってて、どうして今まで一人だったの？　女の子が放っておくはずないよ」

「そう思うでしょ？　あたしもそう思ったから遠回しに聞いたんだ」

「それで」

「自分と違う世界の女性を探してるって言うの」

絵里子があきれ顔になった。

「そりゃ違うわな。あたしとつかさだって全然違うよ。そいつとつかさだったら別の天体くらい違うんじゃないの？」

「あんたねえ」

つかさは、いちいち茶々を入れる絵里子を殴る真似をする。静子が顔をしかめた。

「早く話を新しい法則まで進めてよ」

「それでね、得意料理は何か聞いたのよ」

つかさはオリーブをつまんだ。

「そしたら？」

「なんと、トマトと茄子《なす》のスパゲッティよ」

つかさは肩をすくめて両手を広げた。

「いいじゃない。おいしそうだわ」

尚美が不思議そうな顔をすると、つかさはとんでもないというようにテーブルをばんと叩《たた》いた。

「だめよ！　あたしの経験によると、得意料理にトマト系の料理を挙げる男は危いの。特に、トマトと茄子のスパゲッティはいけないね。危険度ナンバーワンだわね」

「どうして？」

「ひょっとして、それが法則なの？」

怪訝そうな顔をする女達に向かって、つかさは自信たっぷりに頷いてみせた。

「そう。確信があるわ」

「なんでー」

「カレーとか焼きそばとか答えられるよりはよっぽどいいじゃないの」

みんなが異議を唱えるのに対して、つかさは大きく首を左右に振った。

「分かってないなー。カレーとか焼きそばなら可愛いもんじゃない。相手のレベルが運動部の合宿程度なんだなってすぐ見当つくでしょ。でも、トマトと茄子のスパゲッティって言われると、騙される。なんとなく料理が得意そうな気がする。でもさ、しょせんスパゲッティよ。確かにきちんとアル・デンテにするのは難しいけどさ、イタリアじゃ誰でも食べてんのよ。麺茹《ゆ》でて具をからめるだけじゃない。それを得意って言う奴は、実はそれしかできない奴が多いのよ。しかも、トマトと茄子なんて色綺麗だし、完成すると満足感あるから、すごく料理したような気分になるのよね。第一、本当に料理得意なんだったら、絶対こんなメニュー挙げてこないと思わない？　毎日献立組み立てて作ってる人だったら、特にメニューなんか挙げられないよ。あたし、女でも得意メニューはビーフストロガノフですとかきっぱり答えてる奴は、『お前、それ以外作ってないだろう』って思うね。だからさ、トマトと茄子云々って言う奴は、それしかできないにもかかわらず、自分は料理が得意だという幻想に陥りやすい。つまり、得意料理にこれを挙げる奴は、自分を過大評価する奴が多いのである」

つかさの熱弁に、みんなあっけに取られる。静子が口を開いた。

「なんだか、風が吹けば桶屋が儲《もう》かる、みたいな法則ね」

絵里子が腕組みして呟く。

「ひょっとすると一理あるかも」

つかさが勢いを得て続ける。

「だってさあ、嫌じゃない？　僕家事もやりますます料理も得意ですなんて言ってて、朝ゴミ出して、たまに風呂掃除して、たまにトマトと茄子のスパゲッティ作ってるだけなのに、僕は妻と家事を分担していますなんて気になられちゃさあ」

「そりゃそうだ」

「だったら最初からできないって言われた方がいいわね」

「でしょ？」

「つかさは家事を分担したいの？」

「別に。たぶん、あたし、自分の流儀でないと我慢できないから、台所とかゴミ出しとか、相手には手出しさせないと思うわ」

「じゃあ、そいつでもいいじゃないの」

「嫌よ。自分は女性の手助けをする進んだ男であると思っている、その心根が嫌なの」

「やれやれ。今回も没ね」

「おばさんも気の毒に」

「いいの、年中行事だから」

つかさは思い出して腹が立ってきたらしく、忌ま忌ましげにグラスを空けた。

「次回作は決まりだね。『スパゲッティを茹でる男』」

「自分は妻を助けている良い夫だと思っている男。その鈍感さにストレスを溜めてゆく共稼ぎの妻。男は、休日になると得意料理のトマトと茄子のスパゲッティをふるまうの。ああ、なんて俺はいい夫なんだ！　自画自賛する夫の背後に、キレた妻の手に握られた包丁が迫る。ラストシーンは、床に散乱する湯剝きしたトマト」

「純文学だねえ」

「どこが」

「なんだか急にスパゲッティが食べたくなったわ」

女たちは顔を見合わせた。急に小腹が空いたのを感じる。

「――作ろうか」

「食料棚のどこかでロイヤルホテルのミートソースの缶詰見たよ」

「夜の空腹には麵だね」

「カロリー高そう」

えい子が立ち上がろうとするのを、女たちが制した。

「まあまあ、これくらいあたしたちでやるわよ」

どやどやと、尚美とつかさと絵里子がキッチンに入る。

「鍋、鍋」

「麺の太さどうする？　あたしは細めがいいな」

「うん。でも、あたし、あの素麺《そうめん》みたいなのは嫌だな。だって、どう見ても素麺なんだもん。せっかくイタ飯食べてるって実感したい時に、素麺はないよね」

「缶詰は？」

「確かこのへんに」

かなり出来上がっているためか、互いの話を聞かずにめいめい勝手なことを呟いてキッチンをかき回している。

食料棚には、えい子の料理好きを誇示するかのごとく、封を切っていないスパイスや紅茶、缶詰や乾物がずらりと並んでいる。整然と並べられた缶詰には高い輸入物も少なからず含まれていた。

「あったあった、これよ」

つかさが缶詰を取り出す。有名シェフを冠する高級ホテル名が入ったスマートな缶詰だ。

「一人一個あればいいかしら」

「うんと胡椒《こしょう》を振ってね」

「赤ワインの残りで煮込むといいかも」

三人は赤い顔を並べて、神妙な顔で缶切りを動かしながら蓋《ふた》を開けると、次々と鍋の中にミートソースを空けた。

その時、絵里子はかすかに酸っぱい匂いを嗅いだような気がした。

腐ってるのかしら？

「パスタの方はよろしくね。タイマーセットした？」

飲み残した赤ワインを鍋に注ぎ、つかさがミートソースを掻き混ぜ始めた。ワインの香りが辺りに満ちる。

まさかね、缶詰なんだもの。

絵里子はふつふつ煮え始めた鍋の中の湯を見つめた。

「大騒ぎね。ちょっと、そこの台拭き取ってくれる？」

静子がにこやかにキッチンに入ってきたが、その瞬間、かすかに眉をひそめた。

「――何、この匂い」

鼻をくんくんさせる。

「え？　別にスパイスは何も入れてないわよ。どれどれ、味見」

ミートソースの鍋を掻き混ぜていたつかさが、ソースをすくったおたまに指を突っ込んでペロリと舐《な》めた。

「ん？　なんだか苦い」

天井を睨んで顔をしかめる。

そのとたん、静子が顔色を変えた。

「つかさ！　うがいするのよ！」

「え？」

つかさはぽかんと口を開けたままだ。

「すぐうがいして！　飲み込まないで！」

静子はつかさに駆け寄りシンクに彼女を引き寄せ、大きく蛇口を開いた。つかさはあっけに取られたまま、静子の剣幕に押されて、慌《あわ》てて何度もうがいをした。静子は鍋に飛び付くと火を止め、恐る恐る顔を鍋に近付けて匂いを嗅いだ。

その間、何が起きたのか判らずに絵里子と尚美はぽかんと立っていた。パスタを茹でるための鍋の中のお湯が、ぐらぐらと沸騰している。

「どうかしたの？」

えい子もキッチンに入ってきた。狭いキッチンに、湯気とミートソースの匂いが満ちている。キッチンに立っている五人の女。絵里子はなんだか笑い出したくなった。

こういうの、昔のスラップスティック映画にあったな。狭い部屋にどんどん人が入ってきてぎゅうぎゅう詰めになる話。

「つかさ、大丈夫？　何ともない？　気分は？」

早口で矢継ぎ早に静子が質問を浴びせるが、相変わらずつかさはきょとんとした顔で、しどろもどろに答える。

「う、うん。別に、何ともないよ」

「ねえ、どうしたの？　まさか、このミートソースに」

徐々に事態が飲み込めてきた絵里子と尚美は気味悪そうに鍋を見つめた。

「ソースの入ってた缶はどこ？」

静子は真剣な表情でキッチンを見回す。尚美が恐る恐る、不燃物用の黒いダストボックスを指差す。静子はすぐにペーパータオルを一枚むしりとると、ダストボックスの蓋を開け、しばらく用心深く匂いを嗅いでから空の缶にペーパータオルをかぶせて取り出した。みんながこわごわ集まってきて、静子の手元をうかがう。

静子は缶の蓋をつかんだまま、ゆっくりとさかさまにして底を見た。

丸い金属の板がぽつんと中央に重なっている。

「やっぱり」

静子は低い声で呟いた。

「誰かが缶詰に細工したっていうの？」

絵里子が信じられない、という声で尋ねる。それには答えず、静子は他の三つの缶を取り出した。底に細工をした缶はもう一つあった。

「全部に入れたわけじゃなさそうね」

静子はやや安堵した声で呟いて立ち上がった。

「えい子さん、この缶詰はいつからあったの？」

えい子を振り向いて尋ねる。

「さあ――相当前からよ。あたしは自分で作ったミートソースしか食べないから、時子のいただきものだと思うわ」

えい子が自信なさそうな声で答えた。

「そうね、えい子さんは自分で作るものね――だとすると」

静子は考える表情になった。

「さっき、ミートソースを食べようって言ったの誰だっけ？」

尚美がぽつんと呟くと、絵里子がぎょっとした顔になった。

「あたしよ。あたしだけど、つかさの話がなかったら思い付かなかったし、つかさがスパゲッティの話するなんて誰も予想できなかったよ」

青い顔で慌てて主張する。

「――そうね。この缶詰を使おうと思うのは、大飯食らいのお客が何人か来てる時で、えい子さんのご馳走が尽きた時ね。例えば、あたしたちが今そうしてるみたいに」

静子が醒めた顔で呟いた。

「つまり？」

つかさがぼそっと尋ねる。静子は厳しい表情でみんなを見回した。

「つまり、これはあたしたちを狙《ねら》ったものよ。あたしたちを狙って、時子姉さんが生きている時に毒を仕込んでおいたんだわ」

冷たい沈黙が降りた。

夜のキッチンで、五人の女は青ざめた顔でぼんやりと互いの顔を見つめている。

木曜日の夜・4

「ねえ、こんなところに突っ立ってたってしょうがないと思わない？　向こうに戻ろうよ」

つかさが両手を上げて呟いた。

みんながハッとしたような顔をする。

「鍋はどうする？」

絵里子が腕組みしてコンロのミートソースの鍋に顎《あご》をしゃくると、つかさがあっさりと答えた。

「蓋しとけば大丈夫でしょ、とりあえず。完全に食欲がなくなったわ。今はとてもじゃないけど触る気がしないし」

「この缶は別にして袋に入れとくわ」

静子はゴミ箱から取り出したミートソースの空き缶を、スーパーのビニール袋に入れて堅く結わえた。

「こういう場合って、どうするのかしら？　保健所に届けるの？」

尚美が真面目な顔で尋ねた。つかさが口を『へ』の字に曲げた。

「なんて説明するのよ。重松時子があたしたちを殺すために、生前に毒を仕込んでたって言うわけ？」

「でも、あたしたちみたいな素人が勝手に毒物を処理するのも怖いじゃないの。生ゴミにして出すのも怖いし、庭に埋めるのも怖いし。鍋だって、混ぜるのに使ったおたまだってこのあと続けて使えるかどうか分からないじゃない」

「それはそうだ」

「でも、まだ本当に、混入されてたのが毒物だとは限らないじゃないの。時子さんの悪戯《いたずら》だったのかもしれないでしょ。酢かなんか入れたのかもよ」

「わざわざ穴開けて？」

「夜が明けたらその辺の野良猫に食べさせてみようか」

「なんたる残酷な」

俄《にわ》かにみんなが口を開き始めたので、えい子が額に手を当てて遮った。

「まあ、明日考えましょう。とにかく、ここはこのままにしてコーヒーでも」

「あら、もう『明日』じゃなくて『今日』よ」

静子が腕時計を見て呟いた。時計の針はいつのまにか零時を回っている。

「やれやれ」

女たちは疲れた顔でぞろぞろと居間に移動した。テーブルの上の宴のあとが、余計疲れを倍増させる。

「テーブルの上だけでもすっきりさせようか」

「うん」

「キッチンの流しに積んでおいてくれればいいわよ」

えい子が、コーヒーミルに豆を入れながら声を掛けた。女たちはのろのろと皿やグラスを片付ける。ガーッというけたたましいミルの音が、やけに徒労感を煽《あお》った。

「うーっ。なんか、ものすごく気分悪ーい」

つかさが顔をしかめてガリガリと頭を掻いた。

「最後の最後で姉さんに復讐されたって感じね」

静子がマントルピースの前に立って冷たい笑みを浮かべる。

「あたしたちがさんざん悪口言ったからかしら」

絵里子が呟いた。

「その辺で舌出してるんじゃないの」

「やめてよ」

尚美がぞっとしたように自分の両腕を押さえる。

コーヒーのいい香りが流れてきた。

「完全に目が覚めたわ」

絵里子がテーブルに頬杖をついた。えい子が大きな盆にマグカップを載せてくる。

「その豆は大丈夫なんでしょうね？　ストックが尽きて昔の買い置きとか」

「大丈夫、買ってきたばかりの豆よ」

　つかさの疑り深い視線に、えい子は苦笑した。

「毒——毒っていやあね。日常生活の中の、すぐ手に届くところにあってさ。人を疑心暗鬼に陥れる、ものすごく陰湿な武器だわ」

　つかさが忌ま忌ましげに呟くと顔をこすった。

「そうね」

　静子は短く答えると、立ったまま煙草に火を点けた。つられたように絵里子も煙草を手にする。静子がライターを絵里子に差し出したので、絵里子はスッと首を伸ばして自分の煙草に火を点けた。二人で揃ってゆっくりと息を吐き出す。

「あたしたち、やっぱりみんな憎まれてたんだね。無差別で狙われるほど」

　絵里子が乾いた目で呟いた。静子は前を見たまま煙草を咥《くわ》える。

「それほど追い詰められて常軌を逸していたという言い方もできるわね」

「なるほど」

　尚美がゆっくりと、茶色の壜《びん》に入ったミルクを自分のカップに流しこんだ。

「時子さんはいつ毒を入れたのかしら」

「まあ、あの最後の集まりの直前ぐらいでしょうね」

「恐ろしい。いつ食べてても不思議じゃなかったよね」

ぼそぼそと辺りを憚《はばか》るように会話が続いた。まるでどこかで時子が耳を澄ませているとでもいうように。

「でも、そうすると、なに？」

ふと、思い付いたように絵里子がみんなの顔を見回した。

「時子さんはあたしたちも道連れにするつもりだった。自分も自殺して、あたしたちも。そう考えてたってこと？　なんだか、それって変じゃない？」

絵里子はこめかみを揉んで、煙草を灰皿の上で押し潰した。

「どこが？　別に変じゃないじゃない。死なばもろとも。あんたを殺してあたしも死ぬわ、なんてよくあるパターンじゃないの」

つかさがコーヒーをがぶりと飲む。

「変だわ。時子さんの死ぬ前の行動全てが」

絵里子はじっと考えこむ。

「何よ、もう一度最初からやりなおし？　昨日も『重松時子殺人事件』を一通りやったじゃないの。それで、結局自殺だったってことに落ち着いたのよ」

つかさが不満そうな声を上げた。尚美は無表情に絵里子を見つめている。えい子はマグカップを掌《て》で挟んで目を閉じている。

絵里子はつかさの言葉など耳に入らないかのようにいっしんに考えている。その目は黒曜石のようにきらきらと光っている。猛烈な勢いで思考活動が行われていることを示しているのだ。みんな、疲れてはいたが、それでも絵里子の言葉を待っていた。なぜか待たずにはいられないような真剣な表情が彼女の顔に浮かんでいたからである。

「――遺書よ」

やがて絵里子はぽつんと呟いた。

「え？」

つかさが聞き返す。絵里子は確信を持ったように顔を上げた。

「あの、時子さんの遺書だけがおかしいのよ。あの遺書だけが矛盾してる」

「矛盾してるって――あれは確かに時子の筆跡だったわよ」

えい子が何を今更、という表情で目を開けた。

「筆跡はね」

絵里子は正面からえい子を見た。えい子はハッとしたように目を見開く。

「時子さんは被害妄想に陥っていた。このことは確かね。みんなの証言もあることだし。尚美、えい子さん、静子さん。この三人が言うんだから間違いないでしょう。時子さんは追い詰められていた。まず、彼女はえい子さんに自分の作品を改竄《かいざん》されていると思っていた。一方、妹の静子さんには精神的に殺されると思っていた。そして、尚美には自分の後継者になるという餌をちらつかせて、その二つの妄想の証言をさせようとしていた。これが本当のところだと思う。この彼女の被害妄想を証明するものはいろいろある。彼女が晩年書いていた小説。額縁の中に入っていた尚美宛ての手紙。静子さんやあたしたちが食べる可能性のある缶詰に仕込まれた毒。そして、えい子さんや静子さんや尚美の証言もそれを裏付けしているわ。ここまでは矛盾していない。なのに、あの遺書は変でしょう？　彼女の被害妄想はこれっぽっちも含まれてない。缶詰に毒を仕込み、額縁に手紙を入れ、尚美を部屋に呼び付けている人が、そもそもそんな遺書を書くはずがないわ。それとも何、そんな妄想の城に住んでいた人が、突然我に返って自分の置かれている状況に気付いてあんな遺書を書いたっていうの？　そんなのおかしいわ」

「分からないわよ、突然、自分で自分を欺いていることに嫌気がさしたんじゃないの。あたしもそういうことあるわ。ずっと目を背けて気が付かないふりしてたことに、ある日突然疲れてしまうってことが」

つかさが反論した。しかし、その口調に勢いはない。どこかで絵里子の疑惑がもっともだという気持ちがあるのだ。

「あの人がそんな人じゃないことは、みんなよく分かってるでしょう」

絵里子は低い声でみんなの顔を見回した。

「自分に対する絶対的な自信。みんなに対する自分の影響力に対する自信。それがこんなにもあたしたちがあの人にひきつけられ、こんなにもあたしたちがあの人を憎む何よりの理由なんじゃゃなくて？」

絵里子の言葉に、みんながなんとなく身を引くのが分かった。

口にすべき言葉ではなかったのかもしれない、と絵里子は思った。みんながそう思ってはいても、口にすべきではなかった。

「じゃあ――じゃあ、あの遺書は？」

尚美がごくりと唾を飲んだ。

絵里子は、ずっとマントルピースの前で立っていた静子をちらりと見上げた。

静子は無表情で煙草を吸っている。

「静子さん、気が付いてたでしょ」

絵里子は少しだけ静子を睨みつけるように言った。

静子は絵里子を見ようともしない。

絵里子は静子を見つめたまま、言葉を続けた。

「さっき、静子さんが、時子さんに自分で書いた小説を送りつけたという話をしていた時に、何かに気を取られているのが分かったの。あたし、どうしたんだろうと思っていた。こんな大事な話をしている時に、何を考えているんだろうって。あの時、静子さんは気が付いたんでしょう。自分が送った小説の内容を思い出している時に」

「どういうこと？」

つかさがかすれた声で尋ねた。えい子も今では身を乗り出して話を聞いている。

絵里子が押し殺したような声で呟いた。

「あたしたちが遺書だと思ってた手紙が、実は時子さんが静子さんの送りつけた小説を書き写したものだってこと」

静子がふうっと長く煙を吐いた。

「——全く、よく気が付く子ね」

あきれたような声で呟くと、静子はテーブルの上に乗り出して灰皿に煙草を押しつけた。

「ええ、確かにあの時気付いたのよ。あの遺書が、あたしの送った手紙の内容にそっくりだってこと。四年前にあの遺書を読んだ時は、やっぱりあたしの思った通りだったのね、なんて勝手に思い込んでたんだけど、今にして思えばあたしの小説をそのまま写したと考えた方が自然だわ」

静子はマグカップを手に取って、ブラックのままコーヒーをゴクリと飲んだ。

「あの人には参ったわね。まだまだあたしと戦うつもりだったってことね」

静子は皮肉な笑みを浮かべた。

「どういうこと？」

つかさが首をかしげる。

「つまり、時子姉さんは、あたしの送り付けた小説を自分の小説として発表するつもりがあったってことだわ。よくできたフィクションとしてね。苦悩する小説家というフィクション。ここまで来るとグロテスクなブラックユーモアもいいところだわ。あの人らしいじゃない。さすが、そういうところはよく頭が回るわね。あの人がもしあれを発表していたとしても、あたしが書いたなんて口が裂けても言えないものね。彼女にはこれがあたしの一方的な私信であるということを明記してたし、あの内容から言ってもお互いの世間体のためにはあたしがそんなことを暴露するはずはない。いい手を考えたもんだわ」

静子は半ばあきれ、半ば感心していた。

絵里子は、静子の表情に、時子に対する崇拝と軽蔑とが入り混じっているのを複雑な思いで見た。彼女は思い出を傷つけられた。彼女の放った矢を、時子は確かに打ち返していたのだ。四年の歳月を経て、彼女は打ち返された矢に射抜かれたのである。

絵里子は二人の間の長い確執を、まざまざと見せつけられたような気がした。

「えーっ、それじゃあ、時子さんの死はいったいなんだったの？　やっぱり殺人事件だったたってことなの？　これからまた、犯人を探さなきゃなんないってこと？」

つかさが泣きたいような顔で叫んだ。

「それをこれから考えるのよ」

絵里子はしれっとした顔で答えた。みんながっくりと肩を落とす。

木曜日の夜・5

部屋は静かだった。風もない夜なので、外もしんと静まり返っている。夜半を過ぎて、どんどん気温が下がってきている。

みんな疲れていた。しかし、誰も席を立つことができなかった。

絵里子はじっと黙り込んで、再び何かを考えこんでいる。そんな絵里子を見守るように、他の四人はぼんやりとコーヒーを飲んでいた。時間だけが刻々と過ぎていく。

「明日にしない？　もう今日だけど。脳味噌があたしもう半分寝てる」

つかさが痺《しび》れを切らしたように提案した。みんながそれに同意したそうな顔になる。

「いいわよ、みんな先に寝て。あたしはもうちょっと考えてみる」

絵里子は心ここにあらずという表情で独り言のように呟いた。

「絵里子は、あれが殺人事件だったと思ってるの？」

つかさがテーブルの上に腕組みをして尋ねる。

絵里子は首をかしげた。

「分からない。でも、誰かに時子さんを殺す動機があったとは思えないのよね。時子さんがみんなを殺す動機はあったような気がするけど」

「それじゃあますます説明がつかないじゃないの」

「そうなのよ。だから困ってるんじゃない」

絵里子はコツコツと指でテーブルを叩いた。

「こうしてみると、現実に何が起きたかなんて、本当に分からないものね。しかも四年も前に、この家の中で何が起きていたのか、結局のところ誰にも分かりはしないんだわ」

尚美がぽつんと呟いた。

「真実って一つなのかなあ」

つかさが不思議そうな顔をした。

「あたしにとっての真実と尚美にとっての真実は違うでしょう? こうして同じ部屋で一緒に何日も時間を共有してたとしても、ここでの時間は二人にとっては意味が全然違う。今回の二晩で分かった真実ってなんなんだろ」

「あたしたちが何も分かってないってことなんじゃないの」

静子が小さく呟いた。ちょっとの間を置いて、二人は頷く。

「そうね。そのことはよーく分かったわ」

つかのま、沈黙が降りた。それぞれが、この二日間のやりとりを思い出しているようだった。

「時子は本当にあたしたちを殺すつもりだったのかしら」

えい子が独り言のように言った。

「えっ？」

　絵里子が顔を上げる。

「いえね。なんだか、時子らしくないなって思って。あんな、棚の奥の缶詰にこそこそ細工してる暇がよくあったなあって。あの当時の彼女の状態だったら、それこそ思い余ってなんでもやりかねなかったわ。別にわざわざ缶詰なんかに入れる必要はなかったのよ。いつでも毒を盛れたわ。台所には幾つも調理中の鍋があったし、あたしが席を外してるすきにいくらでも鍋に毒を入れるチャンスはあったはず。その方がよっぽど手っとり早いでしょう？」

　えい子はみんなを見回した。

「それはそうね」

「どうしてだろ」

　口々に首をひねる。

「ま、彼女には彼女の論理があったのかもしれないわね」

　えい子はどことなく淋しそうな顔で笑った。

「なんだか、今年は故人を悪く言うことが多くなっちゃったけど、やっぱりあたしたちは時子さんなしではこうしてここにはいなかったわね。こんな職業を選んだのも時子さんの影響だし、時子さんに憧れて本を読み始めたというのもあったし」

つかさがぼんやりとした目で言う。

「あたしたちは一生時子さんからは逃れられないのよ」

尚美が頷きながら賛同した。

「でも、こういうふうにあたしたちがいろんな生臭い話をした方が、時子姉さんが喜ぶような気がするわ。こうして今も主役なんですものね、彼女が」

静子が醒めた顔で口を挟んだ。絵里子が頷く。

「ねえ、絵里子。あんたが名探偵になりたいのは分かるけどさ、別に解決させなくたっていいじゃないの。この先は来年にとっとけば？　今年はじゅうぶんいろんなことが判明したでしょ」

「うーん」

つかさの台詞に、絵里子はあきらめきれないように唸《うな》った。

「もう少しで真相がつかめそうな気がするんだけどなあ」

「それってあたしたちに必要なものなの？」

つかさが真正面から見つめてくるのを、絵里子はどきりとして見つめ返した。

「さあ。どうなのかしらね。でも、ここまで正直に打ち明けあったんだもの。あたしは知りたいわ」

　絵里子はそう答えながらも、思わず目をそらしていた。

　つかさが淡々と呟いた。

「あたしは知りたくない。これまでだって、あたしたち結構傷つけあったじゃないの。確かにいろいろな秘密が分かったのは面白かったけど、それであたしたちが幸せになったとは思えないし。この件については、いつかあんたがノンフィクションにでも書いてちょうだい。誰が重松時子を殺したか、って」

「誰が重松時子を殺したか、ね」

　尚美が溜め息をついた。

「結局、あの人は自分で自分を追い込んだんだわ。あの日、ああいう形でなくとも、いつかは死を選んでいたんじゃないかしら。あたしには、やっぱり発作的に死を選んだとしか思えない。たまたまあたしたちが居合わせたのは運命よ」

「尚美は自殺説ね」

　静子が薄く笑った。

「ええ。巡り巡って、あたしの結論はそうだわ。静子さんは？　今の結論は？」

　尚美が静子の顔を見る。静子は笑った。

「あたしが犯人よ。あたしが殺したんだわ。いろいろな意味でね。でも、あたしも返り討ちにあってるかもしれない。正直言って、こっちの傷も深いわ」

みんながしんとなった。二人の間に起きたことを考えると、それもまた正しいように思えた。

「つかさはどうなの」

静子がつかさを見る。つかさは肩をすくめた。

「あたしには分からないわ。でも、あたし、最初に自分が言ってたことが今になって合ってるような気がするの。時子さんは自殺したんだと思うけど、あの日、あの場所にあたしたちが居合わせたということが、必然だったんじゃないかって。あたしたちにも時子さんの死に責任があるんじゃないかって」

「なるほどね。えい子さんは？」

「あたしはやはり自殺よ。そう信じたいわ。そうでなくてはならないのよ。あたしが彼女の読者であり続ける限りね」

えい子は確固たる口調でそう言った。恐らく彼女は、これからもそう公言するつもりなのだろう。

静子が絵里子に目をやった。

「どう？　我々の結論は、やはり多数決で自殺説に決まりそうよ」

「あたし——あたしの結論は、もう一晩考えてから出させてもらうわ」

絵里子はかたくなに首を振った。

「ご自由に。あたしは先に休ませてもらうわ」

静子は小さく欠伸《あくび》をした。他の三人もこれに同意する。おやすみの挨拶が疲れたように低く交わされ、客間には煙草を吸う絵里子一人が残された。

木曜日の夜・6

なぜこんなにあたしはむきになっているんだろう。

絵里子は、もはや何本目か分からなくなった煙草を灰皿に押し潰しながら、じっと静かな客間で目を凝《こ》らしていた。頭は冴えている。ここであたしは何かを見つけなければならない。そんな気がしてならないのだ。それがいったい何なのかは見当もつかないが。

煙が客間の中をどんよりと覆っていた。

誰かがまだ嘘をついているということは有り得るだろうか？

絵里子は、四人の顔を順番に思い浮かべていった。それぞれの証言を一つ一つチェックしていく。四人の声が入れ替わり立ち替わり脳裏に蘇る。

いや、誰も嘘をついていない。みんな明かせることは明かしてしまったようだ。あの、どことなくみんなのホッとした顔は、全てを吐き出した安堵感から来るものに違いない。今ごろ、みんなぐっすりと、何もかも忘れて眠っている。それなのに、なぜあたしはまだすっきりすることができないのだろう。

絵里子は冷静に自問した。

灰皿の中の吸殻を、今吸っている煙草で並べ替える。

実は、あたしはその答をとっくに知っている。あたしだけが時子と血が繋がっていないからだ。家族以上に濃いつきあいをしてきたえい子とも、比べ物にならない。あたしだけが、彼女たちと違って、時子に対するしがらみを情の部分で納得することができない。血という理由で解決することができない。第三者の目で見て、あの事件を考え直す。これが、あたしという人間が重松時子という人間に対してできる供養なのだ。尊敬しつつ、恐れつつ、憧れていたあの小説家に対する、供養。

あたしはこのことを書くだろうか、と絵里子はさらに自問した。

今書きかけの、あの私的で奇妙な原稿。あたしが書くべきかどうかも分からない原稿。あの原稿の最後は『重松時子殺人事件』の真相の暴露で終わるのだろうか。

小説と、ノンフィクションとを並行して交互に書いたらどうだろう。

絵里子は急にそう思い付いた。

時子が最後に書いていたであろう虚構の小説と、あたしの目から見た重松家の女たちの姿を、交互に書くのだ。問題は、時子のタッチがあたしにまねられるかどうかだが。

絵里子は、つかのまそちらの考えに夢中になった。小説とノンフィクションの渾然と混ざり合ったもの。今のあたしの奇妙な気分にふさわしいかもしれない。重松時子という人、そして彼女を巡る人々そのものが、虚構と現実の入り混じった世界の住人と言えるかもしれないのだから。

冷気がじわじわと忍びこんできていた。いつのまにか、身体が冷えきっているのに気付く。よく見ると、客間やキッチンの扉が開いたままになっているのだ。

頭が冴えたのはいいが、これでは風邪を引いてしまう。この三日間の休暇を終えたら、またハードな日常生活が待っているのに。

そう考えると、またあのしんどい毎日、対象を追い求める苦しい毎日が頭に浮かんで憂鬱になった。最近、こちらから働きかけるのが本当につらい。電話を何ヶ所もかけて交渉しなければならない時など、動悸が激しくなるほどだ。あたしはノンフィクションライターに向いていないのかもしれない。今まで心のどこかでうっすらと感じていたことが、急に心の表面で形になった。自分でも分かっていたことだ。今の仕事がまとまったら、その次の仕事については考え直す必要があるだろう。

ふと、絵里子はどこかでドアが開くのが見えたような気がした。

とんとんとん、と誰かが階段を降りて来る音が聞こえる。

「――絵里子？　あんたまだ起きてたの？　もう寝なよ、まだ一日あるんだからさ」

つかさが目をしょぼしょぼさせて客間をのぞきこむ。

「ん、もう寝る」

絵里子は灰皿の中を確認してから立ち上がった。突然、何かを感じてぎくりとする。後ろを振り返ると、マントルピースの上の鏡の中に、自分の青ざめた顔を発見した。

「どう、真相には到達できた？」

つかさがトイレに向かいながら寝ぼけ声で尋ねる。

絵里子は、つかさの声を聞いていなかった。鏡の中の顔に衝撃を受け、動揺していたからだった。

まさか。まさか、そんなことが。

絵里子はかすかによろけると、手を頭に当ててのろのろと歩き出した。

木曜日の次の日の朝

穏やかな朝だった。

柔らかな光が、窓ガラスの上にレース編みのような模様を作っている。

家の中に人の起き出す気配がする。やはり、キッチンの扉を開けて入ってきたのはえい子だった。よく眠れたのか、すっきりした顔をしている。が、キッチンに積み上がっている皿の山に少しげんなりしたような顔になった。しかし、それもやかんをかけてお湯を沸かし始めると鼻歌混じりになり、てきぱきと凄い速さで皿とグラスを洗い始める。たちまち、一日の日常生活の始まりの空気がキッチンを覆っていく。

「おはよう。相変わらず早いわね。凄い洗い物ね、今手伝うわ」

次に起きてきたのは静子だった。欠伸《あくび》をしてトイレから出て来ると、腕まくりをしてふきんを手に取り、えい子の洗った皿を手際よく拭《ふ》いていく。

「今朝は何のメニュー？」

「パンケーキとフルーツと紅茶でいかが？」

「素敵ね」

黙々と手を動かしながら二人は呟《つぶや》いた。

「あのお鍋《なべ》、どうする？」

えい子が、コンロにかかったままの昨夜のミートソースの鍋に目をやった。

「やっぱりどこかに持ち込まないわけにはいかないわねえ。でも、警察に持っていって、またぞろ昔の話を蒸し返されるのもいやだし。あとは、医者か保健所か。取り敢えず、知り合いの医者に聞いてみるわ。一番穏便な方法を考えましょう」

「あたしとしては、ソースは生ゴミにして鍋とおたまは廃棄処分にしたいわね」

「それは最後の手段として取っておくわ」

二人は黙り込むとひたすら皿とグラスを綺麗にすることに集中した。

ぞろぞろと他の三人が、どんよりした顔で入って来る。

「おや、早いじゃない」

静子がからかうように三人を見た。

「おはようございまーす。何か手伝うことある？」

「客間が食べかすだらけだから、窓開けて掃除機かけてくれる？」

「ＯＫ」

つかさが階段の下に置いてある掃除機を取りに行った。

「えーと、絵里ちゃん、これ、神棚の水取り替えてきて。尚美ちゃんは花瓶と鉢植えの水を」

えい子が二つのコップに水を入れると、キッチンのテーブルに並べて置いた。

「はーい」

尚美が片方のコップを手に取り、家の中のあちこちに置いてある鉢植えに水をやりにいく。

が、もう一つのコップは動かされる気配がない。

絵里子は、じっとキッチンのテーブルのコップを前にして立っていた。

食い入るように目の前のコップを見つめている。その顔色は、心なしか青ざめて見える。

その様子を見咎《みとが》めて静子がからかった。

「どうしたのよ、ぼけっと突っ立って。ゆうべ遅すぎたんじゃないの？」

「ねえ、神棚ってどこだっけ」

「何寝ぼけたこと言ってるのよ、一階の奥の時子の仕事部屋でしょ」

「一階の奥。時子さんの金庫は」

「それも仕事部屋よ。知ってるでしょう」

静子のあきれたような声も耳に入らないかのように、絵里子はぼんやりと繰り返す。

「いつも、このコップを？　神棚も、水やりも？」

急に顔を上げて、絵里子はえい子に尋ねた。えい子は面食らったように頷《うなず》く。

「ええ、そうよ。どれもきちんと洗ってるし、特に問題はないと思うけど。デュラレックスの大量生産だし、欠けてもすぐに補充できるから」

絵里子は、一瞬、目に見えて蒼白になり、よろりと身体を動かした。

「絵里子？　気分でも悪いの？」

静子が絵里子の腕をつかむ。

絵里子は、青ざめた顔で、落ち着こうとするように深く深呼吸した。

「大丈夫。なんともないわ」

「大丈夫って顔じゃないわよ。いったいどうしたの？」

静子が絵里子の顔をのぞきこむ。絵里子の目は虚《うつ》ろだ。

なんなの、この表情は？

静子はその目にすうっと吸いこまれるような錯覚を覚えた。

「つかさの言ってたことが正しかったことが分かったわ」

絵里子は低い声で呟くと、掃除機の音が響いている客間を振り返った。静子もえいこもつられて客間を見る。

つかさが鼻歌混じりに張り切って掃除機をかけている姿を、三人は奇妙な表情でキッチンから見つめていた。

木曜日の次の日・朝食

目の前には、湯気を立てた濃い紅茶と、おいしそうに焼けたパンケーキ、みずみずしく並べられたフルーツが白い皿の上を彩っている。

絵本の中の風景のような、穏やかな朝。

しかし、みんなの視線は優雅な朝食ではなく絵里子に向けられていた。

「あたしの言ってたことが正しかったって、どういうこと？」

当惑したように、つかさが絵里子の顔を見る。

絵里子は堅い表情で、自分の目の前の皿を見下ろしている。

「あんたのカンは合ってたんだわ」

ぼそりと呟くと、絵里子は大儀そうに紅茶のカップを手に取って口をつけた。

「ねえ、あんたの言う真相に辿《たど》り着いたってこと？　だったら分かりやすく説明してよ」

つかさが真剣な表情で尋ねた。それでも絵里子はつかさの顔を見ない。

「みんな、後悔しない？」

絵里子は小さく呟いた。

女たちは顔を見合わせる。

「後悔する？　何を？」

尚美が不思議そうな顔をした。

「本当に、知りたい？　あたしの辿り着いた結論」

絵里子は怯《おび》えたような、怒ったような表情でみんなを見た。女たちは訝《いぶか》しげな顔をするばかりである。

「どういう意味なの？　やはりあたしたちの中に殺人者がいるってこと？」

静子が、わけがわからないという顔で尋ねた。

絵里子は再び押し黙る。

「もう、ここまで来て聞かないわけにはいかないわ」

えい子が苛立《いらだ》ちを隠しきれないように言った。みんなも同じ気持ちらしく、同意するように小さく頷く。

絵里子は大きく溜め息をついた。

「――時子さんも同じことを考えたのよ、えい子さんと」

えい子は面食らったような顔になった。

「あたしと？　時子が？　何を？」

「ゆうべ話してたでしょ。缶詰に入れるよりも、調理中の鍋に入れた方が手っとり早いって。時子さんもそう考えたのよ。だから、缶詰には二つしか入ってなかったの。みんなを毒殺する何かいい方法はないかと考えて、最初は大飯食らいのあたしたちしか食べないようなものに毒を仕込むことを考えた。でも、肩を痛めてる時子さんに、缶詰に穴を開けて毒を詰める作業は結構大変だったと思うの。だから、二つまで入れたところでやめてしまった。それに、あたしたちの口に入るのがいつになるか分からないしね。それで、彼女はもっと簡単に、あたしたちが集まる日に鍋に毒を入れることを考えた」

絵里子が淡々と説明をしていくと、みんなの顔色が徐々に変わっていくのが分かった。

あの日、自分たちが時子に殺される予定だったと聞かされたのだから、無理もない。

「あたし、心のどこかで不思議には思っていたのよ。時子さんの飲んだ毒は、カプセルじゃなかった。金庫の中に残っていた毒はカプセルだったのに、時子さんの飲んだ毒は、違った。みんな、覚えてる？　コップの水に、毒が溶かされていたのよ。その水を飲んで、時子さんは死んだ」

みんなの頭の中に、二階のコーヒーテーブルに載せられたコップが浮かんだ。絵里子の頭にも浮かんでいる。それは、さっきキッチンに並べられていた二つのコップと同じものだった。

「普通だったら、カプセルを飲んでから水を飲む。時子さんの持ってた毒はカプセルだったんだから、そうするわよね、普通？　でも、わざわざ水に溶かされていた。変だと思わない？　きっと、カプセルをばらしてコップの水に溶かしたのね、彼女は」

「それのどこがおかしいの？　カプセルだと時間がかかるし、胃の中で爆発するよりはすぐに効いた方がいいと思ったんじゃないの？」

つかさが尋ねる。絵里子は頷いた。

「ええ、そう。まさにそのとおり。時子さんはそれを狙《ねら》ったんだわ」

女たちはまたしても顔を見合わせる。絵里子の話の意味が分からないのだ。

「ねえ、もっと分かりやすく説明してよ」

尚美がじれったそうな顔で促した。絵里子は強張《こわば》った表情で続ける。

「あんたが時子さんだったとして、キッチンの調理中の鍋に毒を盛りたいと思ったら、どうする？」

突然、質問されて尚美はぎょっとしたような顔になった。

「鍋に毒を盛る——」

「そうよ。みんなをいっぺんに殺したい。なのに、鍋にカプセルのまま投げ込む馬鹿がいる？」

「あ」

尚美が気が付いたように口を開けた。

「そうでしょ。毒を水に溶かして、えい子さんが目を離したすきにその水を鍋に流し込む方がいいと思わない？」

部屋がしんとした。

絵里子は目の前のパンケーキを見つめたまま、話を続けた。

「あの日、時子さんは、あたしたちが集まったのを見計らって、鍋に毒を入れる予定だった。それで仕事部屋の金庫から毒のカプセルを取り出して、コップの水に前もって溶かしておいたの。そのコップを、仕事部屋の机の上に載せておいた。その頃、あたしたちは例によって大忙しのえい子さんに何か役に立てないかとまわりついていた。えい子さんは、さっきのように、コップに水をついで誰かに頼む。『神棚の水を替えてくれない？』覚えてるわ――あの時もあたしだった――あたしは時子さんの仕事部屋に向かった。ちょうど、その時電話が鳴った。時子さんに掛かってきた電話で、時子さんは仕事部屋から出てきて電話に出た。交替であたしは仕事部屋に入った。目の前のテーブルにコップがあった。覚えてるわ。あたしはあの時、神棚を見なかった。テーブルの上にコップがあるのを見て、時子さんが、神棚の水を替えようと思って、古い方の水を置いておいてくれたんだと思い込んだ。だから、あたしは、テーブルの上のコップと、自分がもってきたコップを取り替えたのよ」

誰も口をきかなかった。絵里子の話の内容の意味するところが彼女たちの中に染《し》み渡るまで暫くかかった。いや、彼女たちは話の内容を理解することをどこかで拒絶していたのかもしれない。

「あたしは取り替えたコップを持って、廊下でしばらく尚美と立ち話をしたわ。思い出したわ。その時、あたしの後ろをそっとキッチンに時子さんが入って行く気配がしたのよ。時子さんは、電話を切ってから部屋に戻って、テーブルに載っていたコップを持ってキッチンに向かったの。えい子さんのいないところを見計らい、鍋にコップの水を流しこんだ。コップはさっとゆすいで、流しに置いておく。そして、自分の仕事部屋に戻る」

絵里子は自分の記憶の中に戻るように目を細めた。

「あたしは手に鍋つかみをはめていた。何かの作業の途中にコップを取りに行ったから。だから指紋は付かなかった」

誰もが絵里子を見つめたまま、動こうともしない。

「あたしは尚美との話に夢中になって、手に持っていたコップをキッチンのテーブルの上に置いた」

その情景が目に浮かぶようだった。廊下の壁にもたれて、話に夢中になる二人。テーブルの上に置き去りにされた、猛毒入りのコップ。

「時子さんが出てくる。薬を飲む時間だ。何食わぬ顔でキッチンに来る。浮き浮きしている彼女。もう毒を入れてしまって、さばさばしたのかもしれないわ。薬を飲むからお水をちょうだい。彼女は誰かに声を掛ける。誰かがテーブルの上のコップを見つける」

つかさが小さく悲鳴を上げた。真っ青な顔でがくがくと震え出す。

「あたし——あたしだわ。あたし、キッチンでそのコップを見たわ。時子さんがお水と言ったから、そこにあるって答えたわ。えい子さんか誰かが、時子さんのために水を汲んでそこに置いたんだと思ったのよ。あたし——あたしが、時子さんに毒を?」

絵里子は首を左右に振った。

「タイミングが悪かった。全てのタイミングが。あたしが、尚美と話なんかせずに、すぐに取り替えた水を捨てていればよかったのよ。そうすれば、誰も死んだりしなかった。誰も何も知らずに済んだはずだった」

「あたしが声を掛けたのよ、絵里ちゃんに。廊下を歩いてきた絵里ちゃんに声を掛けて、話しこんだんだわ」

尚美がひきつった声を上げた。絵里子は疲れたように手を上げて尚美を制した。

「事故だったのよ。あれは、事故だった。自殺でも、殺人事件でもない。ただの、不幸な事故だったんだわ。これが、あたしの結論よ。どう、この真相は?」

絵里子は笑い出したいような気分になった。なんという素晴らしい結末。

「天罰よ。あれで良かったんだわ。もし、あそこで時子姉さんが毒を飲んでいなかったら、あたしたちが殺されていたのよ」

静子が低い凄味のある声で、吐き捨てるように呟いた。

つかさはテーブルの上で頭を抱えて震えている。

「つかさ、いいのよ。あんたが気にすることなんかないわ。あの時何かが起きていなくても、いつかは起きたことだわ。なんて——なんて皮肉な話なの」

静子がつかさを叱るように声を掛けると、疲れたような、奇妙な笑みを浮かべた。

「絵里ちゃん、どうして分かったの? 一晩の熟考の結果? たいした洞察力だこと」

えい子が半分感心、半分びっくりしたように絵里子に尋ねた。

絵里子はテーブルに肘をついて頭を押さえながら、チラリとマントルピースの上の鏡に目をやった。

「鏡よ」

「鏡?」

「ゆうべ、つかさが夜中にトイレに起きてきた時に気が付いたの。キッチンと客間のドアを開けておくと、二階のドアの入口が、マントルピースとキッチンの鏡を通してちらっと見えるのよ。ということは、向こうからもこっちが見えるってことでしょう。なぜかと言うと、昨日あたしたちが尚美宛ての手紙の入った額を外して、隣の鏡を四年前のようにずらしておいたから。時子さんがあの日、この額を外しておいたのは、手紙を入れるためもあったけど、隣にあった鏡をその額のある位置にずらすためだったのよ。そうすれば、二階から、キッチンと客間の様子をうかがうことができる。時子さんはそのことを知っていたんだわ」

時子はその瞬間を楽しみに待っていたに違いない。えい子が得意料理を客間のみんなにふるまい、歓声が苦悶の呻《うめ》き声に変わる瞬間を。誰が予想していただろうか。その呻き声が、二階で薬を飲んだ時子の口から漏れてくることになろうとは。その瞬間、時子はどんなに驚いたことだろう。彼女はその時、自分の身に何が起きたか理解していただろうか。自分の仕事部屋で、コップがすりかわっていたことに気が付いただろうか。

絵里子はそこまで考えて、さらにぞっとした。時子は最後の瞬間に、つかさに謀《はか》られたと思ったのかもしれないのだ。つかさに自分は殺される、と。恐らく全く意識の中になかったつかさが敵であったと。もしそうであったとすれば、自分は、時子の被害妄想の敵を最後に一人増やしてしまったことになる。そうではないことを願いたい、と絵里子は祈るような気持ちで強く思った。

「なんてこと」

えい子は無意識のうちに呟いていた。

冷めたパンケーキを見下ろしながら、彼女はもう一度繰り返した。

「なんてことなの」

木曜日の次の日・朝食（続き）

窓の外で、小鳥が集まって朝の音楽を奏でている。

絵里子の語った内容が、みんなの中に染み透《とお》っていくあいだ、誰も口をきかなかった。

あまりの生々しく意外な結末に、青ざめた女たちはさすがにフォローしようという気配もなく、一様におのおのの衝撃に浸っていたのである。それは、爆弾を投げつけてしまった絵里子にしても例外ではなく、むしろ、自分が口にしたことの内容の重さがずしりと楔《くさび》のように打ち込まれたような気がして、やはり言わなければよかったという苦い後悔がひしひしと心の中に押し寄せてきた。

「絵里子、あんたが後悔することはないわ」

その顔色を見て静子が怒ったような声で呟いた。

「そうよ――どっちにしても、あたしたちあんたからその話を聞かずに済ませられるはずがなかったんだから――ああ、でも、あたしか! あたしが最後にあのコップを」

つかさは額に手を当てて、静子に同意しようとしたが、自分の行為を思い出したのか呻くように言葉を荒らげた。

「お願いつかさ、あんたを苦しめるつもりなんてこれっぽっちもなかったのよ。今更こんなこと言ってもしょうがないけど、頼むから苦しまないで。最初に勘違いしてコップを持ち出したのはこのあたしなんだから」

絵里子はそう吐き捨てるように言うと、表情を歪《ゆが》めて煙草に火を点《つ》けた。煙草をくわえた瞬間、空腹と胃の痛みに気付いたが、目の前の料理に手を付ける気がしない。

「同罪よ。あたしたちみんな。それを言うなら、そもそも神棚の水をとりかえてと頼んだのはあたしです」

えい子が疲れたような溜め息をついた。尚美がえい子に青ざめた顔で頷いてみせる。自分もそうだと言っているのだろう。

「絵里子、煙草一本ちょうだい」

静子が不機嫌そうな表情で手を伸ばした。絵里子も気怠《けだる》そうに煙草を渡す。

静子はいつになく蓮っぱな調子で煙草を吸った。椅子の背にもたれ、天井を見上げて唇を尖《とが》らせると、ふうっとけむりを吐き出す。

「――素晴らしい」

「え？」

静子がぼそりと呟いた言葉に、尚美が聞きとがめた。

「今、素晴らしいって言ったの？　静子さん」

尚美の口調には非難の響きがある。

静子は乾いた笑みを尚美に向けた。

「ええ。素晴らしいって言ったのよ。これで『重松時子殺人事件』成立。あたしたち全員の共犯でね。時子姉さんも本望に違いないわ。自分が殺されるかもしれないと妄想を抱いていた相手をみんな殺人者にすることができたんだもの。彼女は被害者として終わることができた。これで、あたしたちは永遠に時子姉さんから逃れられない。永遠に彼女に対して罪の意識を持って生きていくのよ。これが彼女の望みどおりじゃなくてなんだというの。実に素晴らしい結末だわ」

「共犯なんて――第一静子さんは手を下してないし」

尚美が不満そうに呟くと、静子がきっと振り返った。

「忘れないで、みんなに毒を盛ろうなんて考えるところまで追い詰めたのはあたしだってこと。冗談じゃないわ、主犯はあたしよ。あの重松時子を葬る役は、このあたし。このあたしでなきゃならないのよ。言っとくけど、こんな大役誰にも譲る気はありませんからね」

その語気の激しさに、他の四人は黙り込んでしまった。

ほんとうに、と絵里子は改めて思った。重松時子を姉として持つということは――また、静子を妹として持つということは――なんと大変なこと（それは素晴らしいことというのとほぼ同義語なのだが）なのだろう、と。

「――で？」

悩み疲れたような顔でつかさが尋ねた。みんながつかさの顔を見る。

「で、これからあたしたち、どうすればいいの？　罪が判明した殺人犯五人組は？」

静子がふんと鼻で笑った。

「決まってるでしょ。去年までと同じように、知らん顔して生きてくのよ」

みんながぽかんとした顔になった。静子は肩をすくめてみんなの顔を見回す。

「あらなに、これからみんなで警察に出頭するとでもいうの？　捜査も終わってて、遺書もある自殺事件に？　こんないい歳をした女がぞろぞろ出ていって、誰が信じてくれるかしら。第一、ここにいるのは揃いも揃って夢見がちな、妄想を商売とする女たちなのよ」

妄想、という言葉を聞いたとたんに、なぜか身体が少し軽くなったような気がした。

それは他の女たちも同じだったらしい。濃密な沈黙がテーブルの上を覆った。

最初は青い顔でおのれの倫理観と計らずも犯してしまった罪とを照らし合わせてジレンマに陥っていたものの、徐々に静子の言葉にすがってしまいたいという迷いが心の大部分を占め、やがて表情に狡猾さと計算高さのようなものが漂い、しまいにはちらちらと共犯者めいた視線が交わされるようになった。

そういう彼女たちの心境の変化を全て見通していたかのように静子が呟く。

「暴きたてて白日に晒《さら》すことだけが罰じゃないでしょう。ひょっとすると、墓場までこの罪を持っていく方がしんどいかもしれないわ。でも、あたしたちにはその方がふさわしい。死んだ時子姉さんとこの罪を一生共有し続ける方が。あたしはそう思う」

それぞれの表情にせめぎあっていた感情が消え、今度はしんとした沈黙が降りた。

「絵里子、あんたの妄想はとてもよく出来ていたと思うけど、何せ証拠がね。何もないわよね？　どう思いますこと、サスペンス作家の尚美さん」

突然他人行儀な口調になると、静子はとり澄ました表情で尚美を見た。

尚美は一瞬ぽかんとしたが、やがて心得たという表情になると、いつもの落ち着いた表情で小さく首を左右に振った。

「全然駄目だと思うわ、あの説を支えるのはみんなの記憶だけだもの。状況証拠だけじゃ、警察だって相手してくれないわ。ミステリーを読み慣れた敏腕な編集者には突き返されるのがオチじゃないかしら？　ね？」

尚美はえい子の顔を見た。

みんながえい子の顔を見る。

えい子はテーブルの上で指を組み、少しの間を置いた。やがてちらっと横目で絵里子を見ると、真面目くさった声で一言呟いた。

「書き直し」

木曜日の次の日・朝食のあと

かくて、存在したともしないとも言える『重松時子殺人事件』は、おのおのの胸の内にしまいこまれることで意見の一致を見た。そのことを暗黙のうちに確認しあった五人は、そこでようやくすっかり冷めた朝食に取り掛かった。

今年の儀式は終わった。そんな雰囲気が食卓に漂う。

「静子さん、今日はこれからどうするの？　会社に戻るの？」

つかさが尋ねると、静子が唇を『へ』の形にして頷いた。

「当然よ。平日丸三日休むわけにはいかないわ」

「そうよねー。この時期木曜日を挟んで三日休むのってけっこうしんどいのよね。まあ、あたしの周りはこれが年中行事だって分かってるからさ。絵里子は？」

「んー。三時から渋谷で、あたしが取材してる監督の最新作の試写会があるの。それに行って、そのあと監督にくっついてくと思う」

すっかりみんなの興味が『これから』に向かっている。ほんの少し前までの深刻な空気が嘘のようだ。女とはかくも切り替えの早いものか、と絵里子は内心では半分あきれ、半分感心していた。もっとも、あたしたちは十代の少女ではないし、悲劇のヒロインでもない。うなだれて過ぎてしまったことをくよくよと悩む暇は、働いて自分や家族を支えている世の大部分の女たちにはないのだ。

しかし、これは恐らくうわべだけの態度に過ぎないのだろう、と別のところでもう一人の自分が囁《ささや》いていた。ダメージは本人の予想以上に強い。さっき静子が言ったとおり、あたしたちはこれで完全に時子に囚《とら》われてしまった。これからおのおのの普段の生活に戻った時、あたしたちが彼女を『殺した』ということがじわじわときいてくるに違いない。ある日ふと、コップを一輪挿し代わりにして花を生ける時に。鍋がことこと煮えるのを見守っている湯気の中に。信号待ちの、無言の疲れた雑踏の中にいることに気付いた時に。

あたしたちは、重松時子を殺した――

「なんだか、今年はずいぶんこの三日間が長く感じられたわ」

尚美が珍しく感想を漏らした。その無防備な口調に、みんながなんとなく尚美を見た。

「この会、来年もあるのかしら」

続けて何気なく呟いた尚美の台詞《せりふ》に、みんながぎくりとした表情になる。

来年。

「来年かあ。今は何も考えたくないなあ。はっきり言って、疲れちゃったもん」

つかさが椅子に反り返ると、頭の後ろで腕を組んだ。

「同感。来年この時期にもう一度考えましょう。今年はエポックメイキングな年だったし、ここで一区切りつけてもいいような気がするわ」

静子がうんざりしたように目をこすった。尚美はちらっとみんなを見回した。

「あたしとしては続けたいな。あたしみたいな、保守的な子持ちの主婦にとって、こういう場所ってけっこう有難いのよ。いつもつきあいのバランスに気を遣ってるから、ここに来ると率直でホッとするの。いろいろやりにくいのよ――主婦作家で、いかにも優雅に暮らしてるみたいに言われて、信用してたお友達にそのことをぽろっと愚痴ったら、たちまち他の人にあたしが『僻《ひが》まれてる』って言ってたって言いふらされちゃって」

尚美はその時のことを思い出してふつふつと怒りが湧いてきたらしく、目に暗いものが浮かんだ。

尚美がいかに真剣に小説に取り組んでいるか知っているだけに、みんな黙り込んだ。しかし、確かにはたから見て、尚美が何でも持っている羨ましい女に見えるのも無理はないだろう。もともとにこやかでない尚美は、整った顔だちも手伝っていかにもつんとして見える。しかも自分の感情を説明するのはそんなに上手ではないときているから、近所の主婦や子供の親との付き合いで何かと嫌な目に遭いがちなのは予想がつく。

「ふん、いいじゃない。ほんとに僻んでるんだから」

つかさが鼻を鳴らした。

「駄目駄目、世間の人々は本当のことを言われると怒るものなのよ」

絵里子が首を振る。

「――提案があるの」

そこでコホンと咳払いをして、えい子が口を挟んだ。

「なあによ」

静子が訝しげにえい子の顔を見る。他の女たちもえい子に顔を向けた。えい子はかしこまったようにテーブルの上で指を組むと、一人一人を見回す。

「そろそろいいんじゃないかしら」

「何が？」

みんながけげんそうにえい子の顔を見守った。

「あんたたちは物書きでしょう。静子さんが言ったとおり、今年は一応あの事件に決着がついたと考えていいんじゃないかしら。少なくとも、この数年間みんながそれぞれもやもやしていた隠し事は、今年洗いざらい出尽くしたと思うわ。すっきりしたでしょ？　だったらそろそろ、みんな時子のことを書いてもいいんじゃないの？　テーマとしても、モチーフとしても、時子は絶好の材料なんじゃなくて？」

みんなが虚を衝かれたような表情になった。

えい子は続ける。

「昨日絵里ちゃんが書いてると聞いて驚いたんだけど――みんなが書くべきよ。来年のこの会までに、みんな、書いてみない？」

次第にその口調がかすかな熱を帯びてくるのを感じ、えい子が本気であることがみんなに伝わった。

つかさが照れ隠しのようにハハハ、と笑った。

「もう、えい子さんたら、商売うまいなー。辣腕《らつわん》編集者なんだからあ」

「そうよ。まだちょっとあたしには書けないわ。そりゃ、いつかは書いてみたいけど、まだこの歳じゃ」

尚美もとまどうような笑みを浮かべる。静子と絵里子は無表情だ。

「あたしは本気よ」

さらにえい子は言いつのる。

つかさと尚美の顔から笑みが消え、四人の女はじっとえい子の顔を見つめた。

「何年でも待つわ。来年までに誰か一作書いてくれれば――絵里ちゃんの原稿が一番早いかしら――みんなでそれを読むことができるわ」

「冗談じゃないわ、あれはほんとに個人的なものなんだってば」

絵里子が慌《あわ》てて手を振ったが、えい子はそれを遮るように続けた。

「そう。毎年一作でもいい。みんなで読みましょう。何年かかってもいい――みんながみんなの『重松時子殺人事件』を書くのよ。どんなアプローチでもいい。あの事件に触れなくてもいい。みんなの重松時子をね」

木曜日の次の日の午後

穏やかな薄日が射していた。

時折柔らかな光が『うぐいす館』の褪《あ》せた緑の屋根を撫でるように、冷たい空気の中を動いていく。

玄関が開いて、つかさと尚美が出てきた。

「じゃあ、今年もご馳走さまでした。恐らく、来年も、よろしく」

コートを着込んで、玄関の中に向かって手を振る。

「あっ、忘れてた」

扉を閉めようとした時、つかさが慌てて鞄の中に手を突っ込んだ。

「えい子さんへのおみやげ。ふらふら歩いてて雑貨屋で見掛けて、可愛いキッチン用品だから思わず買っちゃったんだけど」

つかさは鞄から、赤いリボンのついた木のスプーンのようなものを取り出した。

「あら、何かしらこれ？」

えい子は受け取りながら、木の棒の先に付いた楕円形の歯ブラシのような部分に指を当てた。つかさはちょっとだけ気まずい表情になると頭を掻いた。

「なんつーかその。タイミング悪かったね。これ、スパゲッティをボウルの中でソースと和《あ》える時に使うやつらしいんだよね」

「ああ、なるほど」

みんな頷くのと同時に、泣き笑いのような複雑な表情になった。

「確かに」

絵里子が小さく笑った。

「グッドタイミングだわ」

静子が腕組みをして、壁に寄り掛かった。

「あの時使わなくてよかったわね。ほんとうに。いっぺんで廃棄処分になるところだったわ」

えい子が胸を撫で下ろすしぐさをすると、みんなが低く笑った。

「じゃ」

「元気でね」

「また」

　あっさりと、しかし情のこもった挨拶を交わして、つかさと尚美は軽く手を上げると駅に向かった。その後ろ姿を、玄関で三人が見送る。その表情には、何も浮かんでいない。ぽっかりとした虚脱感だけがある。三人はなんとなく顔を見合わせると、ごそごそと家の中に戻った。

「ふう、やれやれ」

「寒いなあ。身体冷えちゃった」

「どっと疲れが」

「コーヒー淹《い》れ直すわ」

　ぼそぼそと交わす言葉が聞こえ、扉がバタンと閉められた。


『うぐいす館』で起きたことには互いに何も触れず、どうでもいい話をしながらつかさと尚美の二人はターミナル駅で別れた。たちまちつかさの姿が雑踏に紛れたその時には、尚美はもう来年の会で再び彼女に会うことを、心のどこかで確信していた。そして、歩き出しながら、既に彼女は最後にえい子の口から聞いた、時子について自分のアプローチで書くという考えにすっかり夢中になっていたのだった。

そうね――これであたしは時子さんの呪縛から逃れられたのかもしれない。

尚美はコートの衿を握りしめていた。

今分かった。あたしは疲れ果てていた。心の底から尊敬していた時子さんに軽蔑されながら、彼女の鋭い批判にさらされながら、精一杯の背伸びをして彼女の後継者を目指していた自分を演じることに疲れていたのだ。

自分の声で書くことができる。

そう考えただけで、彼女は自分の身体の中が喜びに満たされるのを感じた。

あたしの考えで、あたしのやり方で、今のあたしの持てる技術をフルに使って、あの人を書く。

それがどんなに喜び（あるいは苦しみ）に彩られた道中になるかは分かっていたが、尚美は自分がそれをやりとげるであろうことをその瞬間に確信した。

そう――どんな手法にしようか――今まで磨いてきたサスペンスの手法を、もっと密度の濃い、もっと研ぎ澄まされた心理小説の域まで高めたい。この小説を書いたことで、一皮むけたと言わせたい。静子さんやえい子さんをアッと言わせたい。そう――せっかくあたしには『蝶の棲む家』のゴーストライターを務めたという本物の関係があったんだもの、この話をつきはなした寓話にするのよ。読んでいるうちに、大御所の作家と若い作家との葛藤に背筋が寒くなってくるような――二人が書く小説を交互に書くというのはどうかしら。最初は若い作家の原稿。次はそれを推敲《すいこう》した大御所の原稿。毎日淡々と作業を続けていくうちに、当初のプロットが思いもよらぬ方向に行き、それと共に二人の関係も歪んでいく――これは面白そうだわ。あくまでもフィクションとして発表するのよ。でも、読者はその後ろに、当然あたしと時子さんのことを念頭に置きながら読んでいるはず。それが実際に起きたことかどうか、みんないろいろ憶測するだろう。タイトルは何にしよう。シンプルなのがいいわね――ずばり、『代筆』というのはどうかしら？　露骨かな。でも、このタイトルだけでいろいろな想像ができる。意味深よね。小説というのは、密室の個人作業で生み出され、完成品だけが人の目に触れる商品。誰でも、小説家の内幕には興味があるもの。きっと裏にはどろどろしたものがあるに違いないと読者は思っている。そういう憶測を満足させせつつ裏切る。読者の下世話なのぞき趣味を逆手に取って、別のところに連れていく――それとも、『寓話』の方がいいかな――時子さんが亡くなって何年も経ってからでよかった。亡くなったすぐあとにこんなものを書いたら、ただの身内の暴露本としか見てもらえない。今だからいいのだ。出版社も宣伝しやすいだろう。思えば、これまであたしはいつも重松時子の姪という冠を付けられてきた。だからこそ、自分からは一切時子さんのことは話題にせず、『あたしの』小説を評価してもらおうと必死に努力してきた。でも、今こそ、これまで使わずに温存してきた、重松時子の姪という切り札を使うのだ。そして、今度こそ、重松時子を描くことによって、彼女を越えてみせる——

尚美は周りの誰も見ていなかった。尚美は、ずっと遠いところにいる、重松時子の背中をじっと見つめているのだった。

尚美と別れたあとで、つかさはぶらぶらと街を歩きながら、ぼんやりとえい子の提案について考えていた。

時子さんについて書く。はは、まさかね。このあたしが。思い付きもしなかったわ。

このまままっすぐ家に帰る気がしなかった。駅ビルの本屋に入ってなんとなく時間稼ぎをする。

前から行きたいと思ってた、恵比寿の写真美術館に行ってみようかな。

こんなふうにぽっかり空《あ》いた、平日の午後の時間を埋めるにはぴったりのように思われた。つかさは情報誌を買い、その写真美術館が特別展を開催しているのを確かめると、ＪＲの改札目指して歩き始めた。

ふと、自分の通った私立中学の制服を着た女の子二人が歩いてくるのが目に入った。

懐かしい。今の子は、こんなところまで平日遊びに来てるのねえ。

いささか年よりじみた感想を覚えながら擦《す》れ違った瞬間、遠い日の風景が蘇った。あ。

緊張した顔で歩いていく、制服姿の二人の中学生の顔が鮮やかに目の前に浮かんだ。

初めて二人だけで重松時子を訪ねた時のつかさと尚美の姿である。

そんなこともあったなあ――ケーキとお花を持って、二人で時子さんの著書を持って、文房具屋でサインを貰うためのサインペンを買って、二人とも途中からコチンコチンになって、ほとんど口もきかなかったわ。

当時の生真面目な文学少女だった自分、時子を遠い峰のように仰ぎ見ていた自分がふうっと胸の中に蘇ってきて、つかさはその場に棒立ちになった。

そう――書くということに漠然とした畏《おそ》れと憧れを抱いていたあの季節は、今でもあたしの中にあるのではないか。そして、あの日初めて訪ねたあの人の中に。

誰かにぶつかられて、自分が道路の真ん中に突っ立っていたことに気付くと、つかさは慌てて歩き出した。

でも、あたしにあの人は書けない。あんな巨大な人、あんな強烈な色彩を持っていた人の内側を想像することすらあたしには叶わないし、正直なところ、想像したいとも思わない。

でも、あたし自身のことだったら?

そんな考えが頭の中をよぎり、つかさは目を開かれたような気分になった。

あたしのことだったら書けるんじゃないの? 初めて時子さんの小説に触れた時のあたし、彼女が自分の親戚だということを知って、恐れ多いような複雑な喜びを感じたあたし、尚美と知り合い二人で時子さんを訪ねた時のあたし、こっそりと自分でも小説を書き始めた時のあたし。

それを、あたしの色彩で。水彩画のようにシンプルに、一人の少女の成長を、あの人との距離やあの人に抱いた感情で、連作短編のような形でスケッチできたら。

つかさは夢見るような瞳で、大勢の乗客と共に電車に乗り込んだ。

「あら、やっぱりまだこんなところにいたのね」

顔を上げると、ピンクのコートを着た静子が立っていた。

絵里子は何も言わずに煙草をくわえ直した。

時間が、二日前に巻き戻されたような気がした。このあいだここで静子に会ってから、たったの二晩しか経っていないとは。

「会社行かなくていいの」

絵里子は向かいの『うぐいす館』に目を向けたまま低い声で尋ねた。

つかさと尚美が帰ったあと、コーヒーを飲んで今後の予定を雑談して、さらに絵里子が『うぐいす館』を辞した。が、まだ駅には向かわずに向かいの神社の境内で、来た時のようにぼんやりと煙草を吸っていたのだった。

「なんだかね。仕事はいくらでもあるんだけど、まだ戻る気がしなくって」

静子はくるりくるりと回りながら、絵里子の前をぶらぶらした。

「ねえ、静子さん。時子さんに送りつけた小説は手書きだったの？」

だしぬけに絵里子が尋ねると、静子はピタリと動きを止めて鋭い一瞥《いちべつ》をくれた。

「なんでそんなことをきくの？」

「まあね――来年、この会で最初に読めるのは静子さんの小説だといいな、って思ったの」

「言ったでしょ、時子姉さんに読ませるためだけの小説だから手元にはないって」

「えい子さんの手前そんなことを言ったんでしょうけど、そんな話誰も信じてないわよ」

「どうして?」

「もの書きだもの」

絵里子は歪んだ笑みを浮かべた。

「傑作だと思うな——あの重松時子を怯《おび》えさせ、追い詰めた小説なんだもの。静子さんも、書いていてそう思ったんじゃない?　確固たる目的がある小説だしね。自分の書き上げた作品——しかも傑作だという自信がある作品を、もの書きが捨てられるはずがないわ。あたしが思うに、会社の社長のデスクの一番上の、鍵のかかる引き出しの奥にでも、とても小説が入ってるとは誰も思わないタイトルが付いたフロッピーディスクが入ってるんじゃないのかな」

静子は腕組みをして仁王立ちになると、絵里子の顔を睨《にら》み付けた。

「ほーんと。あんたの性格の悪さが、今回は骨身に染みたわ」

その返事が、絵里子の推測の回答になっていた。

「あたし、それ、読みたいな」

絵里子が呟くと、静子はふと無表情になった。横を向いて遠くを見る。

「――いつかね。あんたには読ませるわ」

二人は一瞬押し黙って『うぐいす館』に視線を向けた。

「あたしが初めて時子さんに会った時、時子さんが『たけくらべ』を朗読してくれたの。というよりも、つかさと尚美に朗読してるとこを見たのかな。すっごく強烈な印象があったわ。あの人、時々機嫌がいいと自分のお気に入りの小説を周りに構わず朗読することがあったでしょう。晩年はすっかりそんなこともなくなっちゃったけど――『うぐいす館』で、時子さんを囲むようにみんなが座ってて――うわあ、こんな優雅な世界がほんとうにあるんだって思った。『若草物語』みたいな世界がほんとに――インパクトあったなあ」

絵里子がひとりごとのようにボソボソと喋《しゃべ》り始めたのを、静子はじっと聞いていた。

「訥々《とつとつ》として、決してうまい朗読じゃないんだけど、雰囲気があったな、あの朗読」

絵里子は煙草を踏みつぶすと、膝の上で頬杖をついた。

「静子さんは知ってるでしょ、『たけくらべ』の美登利が最後に友人を拒絶したのは、初めて客を取らされたからだって説――なんだか、美登利の気持ち、分かるなあ。もの書きになるのって、初めて客を取らされた花魁《おいらん》みたいな感じだよね。家が貧しくて強制的に客を取らされた女の子と比べるなんて怒られそうだけどさ――あたしの感覚としては似てるんだ。もの書きとして自分の文章を発表したとたん、それまで一緒にいた、ものを書かない人との間に、決して消すことのできない一線が引かれてしまう。もう、一生消せない。それでも芸達者で立派な太夫《たゆう》になれればいいけど、ただ恥ずかしさと罪の意識に苛《さいな》まれながら、自分をさらして自分の文章を売っていくなんて、」

絵里子はそこで言葉を切った。

静子が艶然と微笑《ほほえ》んだ。絵里子は急に恥ずかしそうな顔になる。

静子は腕を組み直した。

「小説家花魁説ね。なるほど。そうね、世の中、恥ずかしいことや汚いことを究めると、偉い人になってしまうのよね。不思議なもんだわ。あたしたち、まだまだだわね。自分の書いてるものを恥ずかしいとこそこそ隠してるうちは」

静子は腕時計を見ると、毅然と歩き出した。ちらっと絵里子を振り返る。

「こんな寒いところにまだいるの？」

「もう一本だけ吸ってく」

「じゃ、また。身体に気を付けるのよ。来年、あんたの原稿楽しみにしてるわ」

「あたしも」

静子は横顔でかすかに笑うと、すたすたと歩み去っていった。

絵里子はしばらく一人でぼんやり境内に座っていたが、やがて小さく欠伸をし、冷えた身体に身震いしながら立ち上がった。

左右をゆっくり見回し、のろのろと『うぐいす館』に向かって歩き始める。

呼び鈴を鳴らすと、すぐにえい子が出た。

「お疲れ様」

「ほんとに疲れたわ。ぐったりよ。寒ーい」

「早く入って。お茶淹れるわ」

絵里子は大きく溜め息をつきながら中に入った。

「しんどかったー。もう嫌よ、二度とこんな役割。あんなにカンのいい、観察力のある連中相手じゃ、あたしには荷が重すぎるわ。あの携帯電話の時はビビったー」

「立派にやってくれたじゃないの。絵里ちゃん、すごい演技力だわ。花瓶を前に、共犯か仲間割れかなんて説を披露した時はどきどきしたわ」

「あたしも友達と完璧に打ち合わせしてたわけじゃないからね。『フジシロチヒロ』

でお花を贈って、としか頼んでなかったし。多少プロバビリティの部分を残しておかないと、こっちもとっさに驚いた表情ができないでしょ。やれやれ、あいつも悪乗りしてくれたわ」

「最初の日、絵里ちゃんがビールを取りにキッチンに来たじゃない？　あの時、ほんとは確認したかったのよ、『フジシロチヒロ』は絵里ちゃんが仕組んだものか」

「あたしが何を仕掛けるかは話してなかったものね。えい子さんの仕掛けは聞いてたけれど」

「ま、なんのかんの言って全てがいい方向に転がったわね。うまくいきそうだわ。尚美ちゃんはすぐに書き始めると思うし、つかさ嬢だって頼まれると忘れられない子だから」

えい子はほくほく顔で口に手を当てた。

「まあね。二人とも、なんのかんの言って乗せられやすい性格だからね」

「でも、驚いたわ。絵里ちゃんがこっそりそんなものを書いていたなんて」

えい子はチラリと絵里子を見た。絵里子はぶすっとした表情になる。

「あれは、あの時の雰囲気で口を滑らしちゃったのよ。えい子さんの予定にあたしは入ってなかったと思うけど」

「いえいえ、嬉しい誤算だわ。絶対読ませてもらうからね」

えい子はニタリと笑うと、キッチンに向かった。

「どれ、そんなにひどい味だったのかしら」

えい子はキッチンの隅に置いてあった鍋に、無造作に指を突っ込むと、ぺろりと舐《な》めた。

「——こりゃひどい」

「ものすごい匂いがしたわよ。いったい何を入れたの？」

絶句しているえい子の隣に来ると、絵里子は冷たくなったソースパンをのぞきこんだ。

「賞味期限の切れた世界の調味料をいろいろ混ぜてみたんだけど。ニョクマムがまずかったのかしら」

「こんな匂いがついたんじゃ、本当に廃棄処分じゃないの」

「使いやすい鍋だったのに、勿体ない。洗ってこっそり使うわ」

「でも、来年その鍋残しとくと、あの子たち目敏《めざと》いからすぐに気が付くわよ」

「来年だったらもういいわよ、それまでにみんなの小説も完成してるだろうし」

「あそこでうまくスパゲッティを食べることになって良かったね。つかさの見合いの話は聞いてたし、あの子のサービス精神からいって、絶対いつかはあの話が出るとは思ってたけど。尚美が、スパゲッティを食べようって言い出したの誰だっけって言った時は慌てたわ」

時子の死から四年。五周忌に向けて企画を起こしたいと言い出したのはえい子だった。

きょうび、待っていても原稿は降ってこない。目を付けたものはこちらから出かけていって、掘り出し、作り出し、プロデュースするのが編集者の役目なの。ある日絵里子に電話を掛けてきたえい子はそんなふうに話し始めた。

毎年みんなで時子を偲《しの》んで集まってはいたものの、ここのところマンネリ化していたし、えい子としてはみんなに何かを書いて欲しかった。しかし、正面から頼んでも、些《いささ》か天《あま》の邪鬼《じゃく》なところのある連中だけに素直に聞いてくれるとは思えない。そこで、何か刺激を与えようと考えたえい子がこっそり絵里子に協力を頼んだのだった。もちろん、絵里子は難色を示した。しかし、えい子の勧める老舗出版社の小説誌で、好きなテーマで原稿を書く機会を設けると言われてそれを断れるほど潔癖な人間ではなかったのである。かくて、絵里子が『フジシロチヒロ』を手配したり、えい子がソースの缶に異臭のする調味料を仕込んだりという周到な『過去からの声』を演出したわけなのだが——

「それにしても、予想外の展開には驚いたわね。出るわ、出るわ、隠し事が。いったいどうなっちゃうんだろうと思ったわ」

絵里子はあきれた表情で日本茶を啜《すす》った。

「一筋縄ではいかない連中だとは思っていたけど、あたしもポーカーフェイスを装うのに苦労したわね。あたしの当初の目論見《もくろみ》としては、もう一度改めて時子のことを回想してもらいたかっただけなのに。尚美が何かこそこそ時子と企んでたことは気付いてたし、静子が時子に何らかのプレッシャーをかけてるのも知ってたけど——まさか、まさかほんとうに『重松時子殺人事件』が立ち現れてくるとは」

笑いながらも、えい子がかすかに怯えたような声を出した。

「ええ、ほんとうに」

絵里子は湯飲みを両手で覆うようにしながら繰り返した。

昨夜、鏡の中にあの解答を見いだした時の衝撃が、今更のように身体の中に蘇った。

「ミイラ取りがミイラになったってわけね」

そして、今朝のあの発見も——ひょっとして、ずっと前から、今年このあたしが狂言回しを務めることになっていたのかしら。そういう運命だったのかしら——

絵里子はぼんやりと考えていた。

「みんなを殺すつもりだったのに、なぜあの日時子さんは尚美への手紙を隠したのかしら」

ふと思い付いて、ひとりごとのように呟く。

「さあね。今となってはよく分からないけど、保険のつもりだったのかもしれないわね」

えい子がゆるゆると首を振った。

「保険?」

「時子が毒を持っていることを知っていたのはあたしたちだけ。あたしたちが死んでしまったあとで、静子を犯人にするつもりだったのかもしれないわ」

二人は、つかのま乾いた表情になって黙りこんだ。

とにかく、あまりにもいろいろな話を聞いてしまった。しばらく頭を空っぽにして、そこからまた、あの私的で奇妙なメモを始めたいな。

「ま、おかげで仕込みは済んだわ。あとは仕上げをごろうじろ、ってところね」

えい子はしきりに一人で頷いている。絵里子はちらっとえい子を見た。

「あら、えい子さんも書くんでしょ?」

「え？　あたしが？　ご冗談を、あたしはプロデューサーですもの」

　えい子は笑って手を振る。

「あら。えい子さん、さっきこう言ったじゃない。みんなで読みましょう。みんながみんなの『重松時子殺人事件』を書くのよ。みんなの重松時子をね、って。みんなというのは当然えい子さんも含まれてるんじゃないの？」

「そんなこと言われても」

　えい子は渋い表情になる。

「書いてみれば？　編集者からの視点で。あたしがタイトル付けてあげる。えーと、例えばね。『もうひとつの〝蛇と虹〟』。サブタイトルは、『重松時子との歳月』これでどう？　『うぐいす館の窓から』。こんなのもいいわね。よし、つかさや尚美の小説とセットにして出せば、フィクションとノンフィクションが同時に味わえる。うん、これはいいね。あたし読みたいなー」

「よく言うわ」

「いいじゃないの、どうせ全集作るんなら年譜とか作らなきゃならないでしょ？　それと一緒に書けば、記憶が辿れて一石二鳥よ」

　絵里子がそう言うと、あきれた顔をしていたえい子の表情がかすかに動くのが見えた。

「ふむ。それは、確かにいい考えね」

「でしょ」

えい子は急に考えこむと、日本茶を啜った。

二人が日本茶を啜る音が部屋に響く。


小さなオフィスに着くと社員は出払っていて、留守番をしていたアルバイトの女の子がノートを見ながら連絡事項を次々と読み上げてくれた。静子はオフィスの一番奥にある自分の机に着くと、ひとしきりあちこちに電話を掛けてから、積み上がったゲラに目を通し始めた。しかし、頭の中は、一番上の引き出しに入っているフロッピーディスクのことを考えている。そして、今ごろ『うぐいす館』で反省会を開いているであろう、えい子と絵里子のことを。

まったく、あの手この手といろいろなことを考えるわねえ、えい子さんも。骨の髄まで編集者なんだから。

静子はくすりと笑った。

仕事以外では他人にほとんど干渉しないあの絵里子が、あの子の考えだけであんな大芝居を打つはずがない。これは後ろに誰かいるなと思ったけれど、どう考えてもそんなことができるのはえい子しかいない。絵里子を動かすには、何か仕事を餌にするしかないんだもの。それにあのソース騒ぎ。あれだっておかしい。あのまめなえい子が、いくら缶詰とは言え、時子姉さんの生きてた頃に貰った缶詰をそのままにしておくはずがない。四年！　四年よ、いくら缶詰でも賞味期限切れだわ。あたしがあの空き缶を持ち上げた時、まだ缶が新しいのに気が付いた。あの時は深く考えなかったけど、缶の蓋《ふた》の賞味期限の年月日をよく見てみれば、最近買った缶詰だと気付いたはず。全く、人騒がせな！

心の中ではあきれていたが、静子の顔はにやにやと笑っていた。

「あら、何かいいことでもあったんですか」

てきぱきとデスクの間を回ってオフィスのゴミを集めていた小柄な女が、静子の顔を見て声を掛けた。

「あ。いえ、ちょっとね」

静子は肩をすくめ唇を手で押さえた。

女は三角巾を片手で取ってそっとお辞儀した。

「社長、申し訳ないんですが、せんだってお話ししておいた通り、あたし今日はこれで上がらせていただきます」

切れ味のいいハスキーボイスだ。

いつも思うことだが、七十近い現在でこの色香なのだから、この人はものすごい美人だったに違いない。

「あら、そうだったわね。どうぞ。お芝居でしたっけ？」

「ええ。日比谷でミュージカルをね」

「彼氏と？」

「ふふふ」

女は小さな口に手を添え艶っぽく笑った。静子はその手に目が吸い寄せられる。

「あら。谷口さん、いい色ね」

静子は女の指先を手に取って綺麗に塗られたマニキュアを見つめた。女はにっと笑う。

「分かります？　孫がニューヨークで買ってきてくれたんですよ。なんでも、向こうではとても人気のある日本人メイキャップアーティストの新色だとか」

「さすが」

「じゃ、お先に」

女は小さく会釈して、ゴミ袋を持ち上げるとすたすたとオフィスを出て行った。

静子は、神社で背中を丸めて煙草を吸っている絵里子の姿を思い出した。

あの子、今も『うぐいす館』でムスッとして煙草を吸ってるに違いないわ。

静子はゆっくりと椅子を回した。

でも、どうやら筋書きは二人の予期せぬ方向に向かったようね。絵里子があんなふうにあんな解答を探し出すとは、意外だった。今回の収穫は、なんといっても絵里子だわ。見事探偵役をやりとげた。

静子はそっと鍵の掛かった引き出しに手を当てた。

確かに絵里子の言う通り、時子姉さんに送りつけた小説のオリジナルはここに収まっている――でも、あたしはこのまま発表したりなんかしないわよ。全面的に書き直すわ。いかに姉を慕っていたか――いかに姉の紡ぎ出す小説を愛していたか――読者の涙を誘う感動的な姉妹愛の物語として、この恐ろしい原稿を書き替えてみせる。何人泣かせられるか――何人騙《だま》せるかが、あたしの時子姉さんへの挑戦であり供養だわ。

タイトルは決まっている。

「社長、風間オフィスの杉田さんから一番でーす」

「はぁい」

静子は電話の点滅しているボタンを押しながら、口の中で呟いた。

『ラブレター』。


夕闇が忍びよっていた。

えい子は真っ暗になった窓の外に目をやると、隙間風にちょっと身震いしてから家じゅうのカーテンを閉め始めた。さすがに、この三日間、五人分の料理を作り続けていたので、夕食を作るのはうんざりだった。冷蔵庫にある残りもので、原稿を読みながら簡単な夕食を済ます。

そして誰もいなくなった、ね。

えい子はしんとした部屋を見回した。風が出てきたらしく、遠くでひゅうひゅうと音がする。

『うぐいす館』は再び静かな夜を迎えている。

今年も終わったわよ、時子。あなたの血をひく者たちは、どんどん成長しているわ。種は蒔《ま》いた。あとは成長と収穫を待つだけね。あたしは気長に、注意深く見守っていくつもりよ。あなたの死が養分となって、みんなが伸びやかに成長していくところを――

えい子は心の中で時子に話しかけていた。

その穏やかな口調を遮るように、あの前の晩の光景がフラッシュバックで甦る。

あなた、自分で自分の幕を降ろすべきだわ。あなたほどの人が、自分の引き際も分からないなんて、あまりにもみっともないんじゃなくて？　あたし、もう降りさせてもらうわ。

えい子には、あの夜の自分の声が昨日のことのように鮮やかに聞こえてきた。

あの、あたしが最後通牒を時子に突き付けた夜――

凍り付いたような時子の顔。白い、ざらざらした岩のような顔。ばたんと閉まるドアの音。

言いたくなかった。けれど、二人はそこまでぎりぎりの状態に追い込まれていたのだ。

あの日の前の晩、二人は互いに何かを決心したのだ。

そして、あの日。

時子は自分の部屋から台所の様子が分かるように鏡を動かしたつもりかもしれない

けれど、逆から言えばあたしからも時子の様子が見えるということなのよ。扉が開いていると、二階の様子も書斎の様子もマントルピースの鏡に映ったの。けれど、あたしは知らん振りをして料理に没頭している振りをした。でも、あたしは見逃さなかった。時子が金庫から小さなカプセルのようなものを取り出したところを。あたしは、彼女がそれを決心したことを直感した。あたしは料理をしながらも心の中では気が気じゃなかった。ハラハラしながら、時子の様子を見守っていた。

そして、あの運命の電話が鳴ったのだ。時子宛ての電話が。

時子が部屋から出てくると、机の上にコップが見えた。

考えるよりも先に声が出ていた。

絵里ちゃん、神棚のお水替えてくれる?

絵里子。『うぐいす館』の間取りについては一番疎《うと》い、絵里子。彼女は案の定、机の上のコップと、あたしの差し出したコップとを交換してきた。その水を捨てれば、何もかもが丸く収まるはずだったのに――

しかし、そのコップの水はあれよあれよという間に、時子の手に渡ってしまった。

二階へ上がっていく時子。あのコップを持った時子が、薬を飲みに、二階に――

だが、あたしは何も言わなかった。

彼女を止めなかった。

そのまま、料理を作り続けた。火にかけたポトフの湯気を見つめていた。

なぜだろう。あの時はそれが自然なことのような気がしたのだ。ああなることが、運命なのだと思えたのだ――

金庫の中にあった手紙が念頭にあったからかもしれない。以前から、いつか時子があたしに毒を盛るのではないかという不安があった。時子が毒を使ったかどうかチェックするために、あたしは時々あの金庫をこっそり開けていた。その時に、彼女の遺書らしきものがあったことに以前から気付いていたのだ。まさか、静子の書いた原稿を書き写したものだとは思いもよらなかったが。

ポトフの鍋を持って客間に入った時、奇妙な表情をしていた絵里子。今にして思えば、彼女は既にあの時異変と真相を心のどこかで察知していたのだろう。

これでいい。

あの時、あたしはなぜかそう思った。これで、時子は自分で自分の幕を降ろすことができたのだ。みんなが望む形。あたしが望む形で。

えい子はじっとカーテンの向こうの窓――いや、その外にある闇を見つめていた。

大丈夫よ、時子。あなたの素晴らしい作品、あなたの素晴らしい芸術はあたしがきちんとまとめて後世に伝えるわ。これからもこの会、あなたを偲《しの》ぶ会は毎年続けていくの。みんなであなたのことを書くわ。『重松時子殺人事件』は、これからもさまざまな憶測と謎を孕《はら》んで、伝説になっていくに違いない——

えい子は立ち上がって、エアコンの設定温度を上げた。

これがその第一歩。今夜から、あなたとの歳月を、完璧な年譜にまとめていこうと思ってるの。

えい子は穏やかな表情で時子の全著作が収められている本棚のガラス戸を開くと、時子のデビュー作である『蛇と虹』を取り出した。

解　説――奇妙で後ろめたい、懐かしい安心感

芦沢　央

この『木曜組曲』を読みながら感じていたのは安心感にも似た奇妙な感覚で、そのことに私は戸惑いを覚えた。

なぜなら、本書はどう考えても安心感を抱くような穏やかな内容ではないからだ。

天才的な小説家・重松時子が自宅であるうぐいす館で薬物死してから四年、彼女と深い縁を持ち、その死の当日もうぐいす館にいた五人の女たちは、毎年恒例の彼女を偲《しの》ぶ宴のために集まってきていた。

だが、そこに何者かからの花束が〈皆様の罪を忘れないために、今日この場所に死者のための花を捧げます〉というメッセージカードと共に届いたことで、宴は例年とは違った展開を見せる。自殺として片付けられていた時子の死の真相について、それぞれが記憶や秘密や発見を持ち寄る形で迫っていくことになるのだ。

登場人物は、時子の従姉妹でノンフィクションライターの絵里子、時子の姪で純文

学作家のつかさ、同じく姪で流行サスペンス作家の尚美、時子の異母姉妹で出版プロダクションを経営している静子、時子の担当編集者だったえい子、という「他人を観察し分析し料理するのが得意な」物書きをなりわいとする女ばかり。

視点人物が切り替わるたびに新情報が飛び出し、次々に見える景色が変わっていく、一瞬たりとも油断できない物語だというのに、なぜそこで感じるのが安心感に似た感覚なのか。

まず可能性として考えたのは、「恩田陸さんなら絶対に面白くしてくれる」という信頼感、そして読み始めてすぐにそれを裏付けてくれる「引き」の強さゆえなのではないかということだった。

ミステリの中には、真相が解明されるラストやどんでん返しの瞬間こそが一番面白い——逆に言えば、そこまではある種の我慢を要する作品が少なくないが、本書は冒頭から不穏で、それぞれのシーンごとに異なる楽しみがあって、ずっとワクワクできる。「あの日に一体何があったのか」という大きな謎を軸に、天才が失速していく悲哀と葛藤、そしてそのそばにいる凡人の苦悩がひりつく筆致で描き出されていくわけだが、ひたすら息を詰めて読み続けることを強いられるわけではないのだ。登場人物たちが美味しい料理に舌鼓を打ちながら会話を楽しむのに合わせて、読み手もまた物書き稼業同士の創作談義や女子会特有の男談義を読む面白さを味わえる。

　描かれている舞台がほぼうぐいす館の中のみ、登場人物も五人だけというかなり限定された設定にもかかわらず、とにかく全編にわたって緩急が絶妙で、ラストまで一気に読ませてくれるのだ。

　だが、やはりそれだけではこの奇妙な安心感には説明がつかない。

　次に浮かんだのは、登場人物たちのたくましさ、したたかさによるものではないかという可能性だった。

　本書の冒頭では『たけくらべ』で美登利がなぜ最後に友人たちを拒絶したかという理由について、長年、国文学者たちの間で定着していた「初潮を見たせい」という説への反論が紹介されている。

〈もともと花魁《おいらん》の姉を頼って一家がお茶屋に住込みという環境で育ち、姉から教育を受けて花魁になった娘が初潮を見たくらいで情緒不安定になるとは思えまい〉〈そんなのどかな説が長いこと定説になるとは、国文学とはずいぶんとおめでたくロマンチックな、そして完全な男社会であることよ〉という文章だ。

　この指摘が象徴するような、女のある意味での動じなさ、日常を生きることに根ざしたたくましさや切り替えの早さは、本書においても存分に発揮されている。

「あたしが殺した」という衝撃的な言葉の真意を聞くときですら、ワインのコルクにオープナーを差し込む手を止めず、本当に真相を追及するのかどうか話し合っているときですら、キッシュが焼き上がると一旦話を中断してでもまずはみんながその美味《おい》しさを堪能する。

飲み食いをするという「生きること」の中核に軸足を置いた彼女たちの会話には、緊迫感はあれど悲壮感はない。だからこそこんなふうに安心して読めるのかもしれない、と考えたのだ。

けれど、何となくこの感覚はそうしたカラッとした明るく健《すこ》やかな安心感とはまた違う気がする。

それに、本書にはそうした日常を生きるたくましさこそを脅かす要素も盛り込まれているのだ。

たとえば時子の命を奪ったのは、「日常生活の中の、すぐ手に届くところにあって人を疑心暗鬼に陥れるものすごく陰湿な武器」である毒である。

そして何より、彼女たちが人生を賭けて取り組んでいるのは「いかに赤の他人を自分の妄想に引きずり込むか」という虚業であり、それをどう評価されるかということで人生そのものが揺さぶられてしまうような人たちなのだ。彼女たちは、作中で出てくる豪華なパーティー料理のように、血肉にはなるけれど非日常的な、実はかなり危うい場所に立っている。

では、結局何がこの奇妙な安心感を形成しているのだろう。私は、謎を探るような心持ちで本書を読み返していくうちに一つのキーワードに辿《たど》り着いた。それは「懐かしさ」だ。

本書は、「回想の殺人」という後期アガサ・クリスティ的な本格ミステリの古典的スタイルに則《のっと》っている。つまり、過去に起きた出来事についてそれぞれの語り手が異なる視点で情報を提示していくことによって浮かび上がる真相が変わっていく、という展開がある種の定型だからこそ、安心して読み進められるのではないかと思ったのだ。

どれだけ不穏で不可解な謎があっても、「正体がわからないからこそ解けない呪い」は最後には何らかの真相が提示されることによって解けるのだろう、登場人物たちは呪縛から解放されて次に進んでいけるのだろう、と。

だが、思いも寄らなかった真相が明らかになる瞬間のカタルシス、景色が変わる快感はこの種の物語のお手本のように完璧だというのに、本書のラストは決してそれだけではない。登場人物たちは閉じられていた特別な空間から出ていくときに呪縛から解き放たれてはおらず、むしろ背負う呪縛や傷や罪は物語が始まる前よりも強くなってすらいるのだ。

しかし、彼女たちはそれらに押し潰《つぶ》されはしない。自らの覚悟を持って、それらを背負い続けながら進んでいくことを選び取るのである。

もしかしたら、この爽快感《そうかい》こそが、この奇妙な安心感の正体なのではないか――そう考えながら再読を進めていくと、時子についてこんな比喩が出てきたところでハッとした。

〈あのひと――時子さんて、極彩色の月のような人だったわねえ。決して太陽じゃない。そういう陽性のものじゃなかった。耽美《たんび》的で、幻想的なものを限り無く愛した人だしね。だけど、すごい引力があった。それも、どちらかと言えば負の引力。世の中に背を向けた世界の住人なんだけど、そのくせ、エネルギッシュで華やかで、饒舌《じょうぜつ》で。あんな人めったにいないよね〉

ああ、これだ、と思った。エネルギッシュで華やかで饒舌な負の引力。

それは、ずっと私が子どもの頃から本に対して感じていたことだった。

二段ベッドの上段と天井に挟まれた狭い空間の中で、布団の中にライトを持ち込んで隠れるようにして読み続けていた様々な本。あの、誰にも知られずにたった一人で本の世界にどっぷりと浸りきっていたときの、幸福な後ろめたさ。

たとえどれだけたくさんの人に読まれている本であろうと、本はこっそりと自分だけに世界の理《ことわり》を教えてくれ、見たことのない景色を見せてくれ、感情に名前をつけてくれた。登場人物の心の中にカメラをセットして、その人が目にしている光景から心の動きまでもを追体験させてくれた。

その、隠れているものを盗み見しているような後ろめたさを自覚して初めて、私は気づく。罪を共有し、それすらも糧《かて》にしてしたたかに生きていく彼女たちの姿に爽快感を覚えること自体が後ろめたいものであることに。

本書には〈小説書くのなんてものすごく個人的な行為で、しかも後ろめたい恥ずかしい行為じゃない？〉というフレーズが出てくるが、本を読むこともまた、ものすごく個人的な行為で、しかも後ろめたい恥ずかしい行為なのだ。

恩田陸さんの小説は、どこで読んでも何歳になって読んでも、実家を出るまでにたくさんの時間を過ごしたあの二段ベッドの布団の中へと連れて行ってくれる。だからこそ、こんなにも奇妙で後ろめたい、懐かしい安心感を私に与えてくれるのだと思う。

二〇一九年一月

本書は2002年9月徳間文庫として刊行されたものの新装版です。なお、本作品はフィクションであり実在の個人・団体などとは一切関係がありません。

本書のコピー、スキャン、デジタル化等の無断複製は著作権法上での例外を除き禁じられています。本書を代行業者等の第三者に依頼してスキャンやデジタル化することは、たとえ個人や家庭内での利用であっても著作権法上一切認められておりません。

徳間文庫

木《もく》曜《よう》組《くみ》曲《きょく》

〈新装版〉

© Riku Onda 2019

2019年2月15日 初刷

著者 恩《おん》田《だ》陸《りく》
発行者 平野健一
発行所 株式会社 徳間書店
東京都品川区上大崎三―一―一
目黒セントラルスクエア
〒141―8202
電話 編集〇三(五四〇三)四三四九
販売〇四九(二九三)五五二一
振替 〇〇一四〇―〇―四四三九二
印刷 大日本印刷株式会社
製本

ISBN978-4-19-894438-4 (乱丁、落丁本はお取りかえいたします)

徳間文庫の好評既刊

恩田 陸

禁じられた楽園

　大学生の平口捷は、同級生で世界的な天才美術家の烏山響一をなぜか強く意識するようになっていく。不可思議な接触の後、聖地・熊野の山奥に作られた巨大な野外美術館に招待された。そこは、むせかえるような自然と奇妙な芸術作品、そして、得体の知れない〝恐怖〟に満ちていた。現代の語り部が贈る、幻想ホラー超大作。